沈める鐘の殺人

赤川次郎

角川文庫
19493

沈める鐘の殺人　目次

1　鐘が鳴る

おかしいわ、と思い始めたのは、そのバスが、どこかの団地の中へと入って行ったからだった。

駅からバスで十五分、という話だったのに、もう二十五分も乗っている。しかし、人間の感じは当てにならないものだから、慣れた人には三十分が十五分にしか思えないことがよくあるものだ。この食違いも、その手の一つで、と私はのんびり構えていたのだが、

「次は——緑が丘団地入口です」

という、ちょっと間のびしたテープの声を聞いて不安になった。

窓の外を見ると、五、六階建の四角い建物が、ドミノを並べたように道の両側に立ち並んでいる。——夜の七時といえば、都心ではまだ昼間と見間違えそうな明るさ、人通りだが、こういう団地では、すでに「深夜」の静けさである。

一見しただけで、かなりの規模の団地であることが分る。〈団地入口〉のバス停で、二、三人の、勤め帰りのサラリーマンが、やれやれ、やっと着いたかという顔で降りて

行った。

どうやら、バスはこの団地の中を、グルグルとめぐって行くらしかった。

私は席を立つと、吊皮から吊皮へと手を移しながら、運転席の方へ歩いて行った。気が重かった。「うるさいな、こいつ！」とでもいう目でジロリと見られると、こっちに非はないと分っていても、何だか真っ赤になって逃げ出したくなってしまうのだ。

しかし、もう約束の時間をとっくに過ぎており、これ以上、どこへ連れて行かれるか分らないバスに乗っているわけにもいかなかった。

「あの……すみません」

私は勇気をふるいおこして声をかけた。

「はい、何ですか？」

思いもかけず、はきはきとした声が返って来て、私はすっかり嬉しくなってしまった。本当に、他愛のないことで、人間は幸福な気持になるものなのだ。

「あの……〈鐘園学院前〉という停留所は通りますか」

「鐘園学院？　それは――」

運転手は、赤信号でバスを停めた。私はあわてて握り棒につかまった。

「その路線はね、去年一杯でなくなっちまったんですよ」

と運転手は言った。「通る道が全然違うんだ。あそこ一つのために、前はえらい遠回りをしてたんですよね。ろくに客はいないのに」

「はあ……」

私にとって、差し当り、バス会社の採算の問題はどうでもよかった。「あの……それじゃ、どこから行けばいいんでしょうか？」

「そうですねえ……。一番近い停留所は、〈紅葉坂下〉かな。さっき通ったでしょ」

「はあ」

そんなこと、初めての所だ、憶えちゃいられない。

「だから、次の停留所で降りて、反対方向のバスで、戻って下さい。〈紅葉坂下〉で降りたらね、その坂をずっと上って行くんだ」

信号が変って、バスが走り出した。ギアを入れ替える度に、私は握り棒をつかむ手に力を入れなくてはならなかった。

「——後はその辺で訊けば、すぐ分りますよ」

と運転手は言った。

「どうもすみません」

と、私は言って、降車口の方へ、危なっかしい足取りで歩いて行った。

「次は——西三丁目でございます」

とテープの声が告げた。

前の停留所より多い、五、六人のサラリーマンが降りる様子で、私は何となくホッとした。別に、そんな人里離れた山の中に降りるわけではないのだけれど。

それにしても――あの説明した女性は、去年から、バスに乗ったことがないのかしら？　第三者から聞いて来たのならともかく、当の鐘園学院の事務長と名乗る女性から電話で教えられて、その通りに信じてやって来たのである。信じて当り前だろう。

それがこの始末なのだから！――私は何だかいやな予感がした。

バスを降りると、他の客たちは、わき目も振らず、我が家目指して、右へ、左へ、散って行く。そしてバスが走り去ってしまうと、周囲には、まるで人影がなくなってしまった。――もう晩秋で、武蔵野(むさしの)の風は冷たかった。

「もう少し厚いコートにすれば良かったわ」

と呟(つぶや)いて、「あ、反対側か」

急いで道を渡った。ちょうど真向いに、反対方向のバス停があって、もちろん今頃出かけようという物好きもいないのだろう、バスを待つ人はいなかった……。

すぐにバスが来るものやら、分らぬままに私はボストンバッグを、右へ左へ、持ちかえつつ、所在なく、周囲の、アパート群を見上げていた。どの窓も明りが灯(とも)って、カーテンの色――青や、淡いピンクや、鮮やかなオレンジや、芝生のようなグリーンなどを、窓毎に、浮き上らせていた。

ちょうど、一家の夕食の時間だろう。皿を引っくり返す子供を叱ったり、赤ん坊の口へ、スプーンを押し込んだり、夫にビールを注いでやったり……。主婦が一番忙しい時間かもしれない。

はた目には、幸福な一家団欒(だんらん)の図かもしれないが、当の主婦にとっては「戦場」のような忙しさであろう。

私は、バスが来るはずの方へ目を向けた。いい勘だった。バスのライトが見えている。いや、そっちを見たというよりは、家々の窓の明りから目をそらした、というのが正直なところだった。私だって、もしかしたら、あの窓の外にでなく、内側に、今頃はいたかもしれなかったのだ……。

今、そんなことを考えていても仕方ない。私は頭を振って、バスに乗る意志を示すため、歩道の端に近付いた。

私の名前は、迎三千世(むかえみちよ)。たいていの人は、私が名乗ると、

「向井(むかい)さん？」

と訊き返して来るので、いつも、

「〈歓迎〉の迎、一字で『むかえ』と読むんです」

と説明する。

このセリフは、エンドレステープみたいに、自動的に私の口から飛び出して来るようになっているのだ。

年齢は――レディの年をあまり公表すべきではないかもしれないが、二十六歳、である。

職業、教師。大学を出て、都内の私立高校で世界史を教えていた。この春、その高校を去ったのは、純然たる〈個人的事情〉によるものだった。

ところが、その事情は、三ヵ月前、急変し、私は再び職を求めねばならなかった。といって、今はすでに十月も末であり、こんな中途半端な時期に教員を採用してくれる高校は容易には見付からない。

来年春までは、代用教員でも何でも、ともかく働けさえすればいい、と思っていたところへ、鐘園学院の話が舞い込んだ。持って来てくれたのは、大学時代の友人で、彼女自身がそこで働くはずだったのが、ちょうど妊娠して、流産の恐れがあるということで、出産までは教壇に立てない。

その事情を学院側へ説明したところ、誰か適当な代りの人を推薦してほしいという返事だったのだという。これはもちろん、私にとって救いの神だった。

至って急な話で、その友人から電話があったのが三日前、学院から電話がかかったのは昨日のことだった。

事務長だという女性の声で、

「明日、夜七時までにいらして下さい」

と言われ、あのでたらめなバス路線の説明があったというわけだ。

鐘園学院について、だから、私にはろくに知識もなかった。ただ、その友人から、私立の女子高校で、かなり歴史は古く、少ない生徒数でユニークな教育を行っていること、今時には珍しく、寄宿制であること、教師も、既婚者以外はできるだけ学校の宿舎に入るように求められていること、などを聞いていた。

これらの、一見窮屈そうな条件は、しかし、今の私にはなかなか魅力的に思えた。何より私は、仕事に打ち込んで、世間のことは忘れたかったのだ。学内で生活するというのは、それにはうってつけのように思えた。

アパートを引き払うのにも、面倒はなかった。手っ取り早く、今日一日で手続きを済ませ、こうして、ボストンバッグ一つで、鐘園学院へと向うことになったのである。もちろん、多少の荷物は学院宛に発送の手続きがしてあった。

新しい職場というのは、気の重いものではあるが、しかし、同時に一種のスリルがある。どんな生徒たちに出会うことになるだろうという期待感が、不安よりは遥(はる)かに大きい。──私はやはり教師に向いているのだろうか。

ただ、その滑り出しは、あまり好調とは言えなかった。逆方向のバスに乗っているのは、私一人だったからで、

「〈紅葉坂下〉まで」

と言うと、無愛想な運転手は、何だかうさんくさいという目つきでジロッと私の方をにらんだのである。

おまけに、どうせ客がいないから、というわけか、停留所の名前を一向にテープで流してくれない。私は、黙っていたら、肝心のバス停を素通りされてしまうのではないか

と気が気ではなかった。といって、もう一度あの運転手へ声をかける度胸はとてもない。

おかげで、一つバス停が近づく度に、私は腰を浮かして、その名前を読み取ろうと、涙ぐましい努力をしなくてはならなかったのである。

「——今度だよ」

思いがけず、あの運転手が声をかけてくれた。してみると、ただ無口なだけで、そう人は悪くないのかもしれない。

私は降車口の前に行って、立った。

「学校に行くのかね」

運転手の声がして、私はちょっと面食らいながら、

「ええ、鐘園学院に。——教師なんです」

と返事をした。

「ふーん」

運転手は、バスのスピードを落とすと、「バス停まで行くと戻らなきゃならん。坂の真下で降ろしてやるよ」

と言った。

「すみません」

私は礼を言った。

バスが停って、降車扉が開くと、私はステップに足を降ろした。

「おい、あんた」

運転手が顔を出していた。「気を付けなよ」

「ええ……。でも、近いんでしょう?」

「その坂を上ってきゃいい。俺が言ってんのは学校のことさ」

よく陽焼けした、四十がらみの運転手は、何だか気の毒そうな目で私を見ている。

「学校の?」

と私は訊き返した。

「ああ。あそこじゃ、先生がよく事故に遭うんだ。つい二ヵ月前も、若い男の先生が、塔から落ちて死んだ」

「塔から?」

「本当は何ていうのかは知らねえけどな。塔みてえなもんさ。それに、いつの間にか姿を消した教師もいるってことだぜ」

運転手は、真剣なのか、からかっているのか、どっちとも取れる口調で言った。

「よく気を付けます」

私はそう言って、ステップを降りた。

バスが走り去ると、さっきと同じように、また私は一人になった。しかし、さっきのように、私を取り囲む住宅の光はなく、ただ寂しげな街灯一つの明りが、雑木林を照らしている。

坂は、そう急ではなく、簡易舗装も施してあったが、ともかく、目に入る限りでは、思い出したように、遠い間隔でポツリポツリと立った街灯の他は、明りらしいものは見えなかった。

少し心細くなって、明日にでも出直そうかという考えがチラッと頭をかすめたが、もうアパートも引き払ってしまい、帰る所もないことを、すぐに思い出した。行くしかないのだ。

「まだ八時にはならないんだし……」

と、自分を励ますように呟くと、私は一つ深呼吸をして、坂道を上り始めた。

ゆるやかな坂、と思っていたのが、実は意外に強敵だった。長く続き、しかも、平らになった所がない。上り続けるというのは、特に中ヒールの革靴では容易ではない。五分も上ると、私は少々へばり始めていた。後どれくらい上ればいいものやら分らないことが、余計に足を重くしたのである。

おまけに、地形のせいもあるのか、上るにつれて、風が強くなり、正面から吹きつけて来た。街灯と街灯の中間あたりでは、足下も覚束ないぐらい暗くなるので、二、三度転びかけた。——全く、泣きたいような気分だった。

一体いつになったら鐘園学院に着くのかしら、と、足を止め、息を弾ませながら、私は思った。

その時、突然、右手の茂みがざわついたと思うと、まぶしい光が正面から私の目を射た。私は、立ちすくむばかりで、恐ろしさを感じる余裕もなかった。

「どこへ行く気だ？」

光の向うから、男の声がした。――やっと、その光が、大きな携帯用のライトで、その男が茂みから飛び出して来て私の前に立ちはだかったのだという状況を理解することができたが、それがあまり救いになるとも思えなかった。

「返事しろ。どこへ行くんだ？」

若い男らしい。

「鐘園学院へ行くんです」

「何の用だ？」

「あの――私、教師です。新しく鐘園学院に……」

「名前は？」

居丈高な訊き方に、私は腹が立った。それだけ落ち着いても来たのだろう。

「あなたは誰なんですか？」

と訊き返してやる。「人に名前を訊くのなら、自分が先に名前を言いなさい！」

相手はしばらく返事をしなかった。そして思いがけず、軽い笑い声を上げると、

「確かに先生らしいや、その言い方は」

と言って、ライトを消した。

目がくらんで、しばらくは相手の姿を見ることができなかった。

「どうも失礼。向井さんですか」

「迎です。『歓迎』の迎という字一字です」

と私はいつものように、半ば無意識に答えた。

「迎さんですか。珍しい名前ですね」

やっと、その男の顔が見えて来た。二十二、三歳というところか、作業服のようなものを着て、手には、野球のバットらしい物を握っている。

「あなたは？」

「僕は岡江（おかえ）克二（かつじ）です。鐘園学院の院長の息子で」

「まあ」

私は驚いた。「でも、こんな所で何をなさってるんですか？」

「監視ですよ。何しろ男が少ないもので、すぐに順番が回って来る」

「どうして監視なんか――」

「色々とありましてね」

と、岡江克二と名乗った青年は言った。「どうぞ通って下さい。坂を上って来るのは大変だったでしょう」

「まだ大分ありますの？」

「いや、その先、道がカーブしているでしょう。あれを回ると、目の前が正門です」

「助かった！」

と私は思わず息をついた。

「門の右わきにインタホンがついています。声をかけると、小さな戸が開きますから、そのまま砂利道を辿って行けばいいんです」

「分りました。どうも――」

風は相変らず強かったし、ともかく、早く学校へ着きたかったので、私は歩き出した。

「ああ、気を付けて下さい」

と、岡江克二が声をかけて来た。

振り向くと、彼は、バットをクルリと回して見せて、

「池の方へ行く道もありますから間違えないで下さい。暗いから、落っこちると大変だ」

「池に？」

「そうです。ともかく明りの見える方へと歩いて行けばいいんです」

「分りましたわ」

私はまた歩き出した。――何だか妙なもやもやしたものが、胸にまとわりついているようだった。

あのバスの運転手の言葉といい、院長の息子だという岡江克二の話といい、何となく、どこか得体の知れない警戒心を起こさせる何かを感じさせた。決して深刻な調子で言っているわけではないのだけれど、だから却って勘ぐってみたくもなるのだ。

言われた通り、角を一つ曲ると、目の前に門が現れた。古びた石柱が左右に並び立ち、門扉は、すっかり錆(さ)びついた鉄格子だった。

私は、その前に立って、格子の間から、奥を眺めやった。夜の闇の中に、いくつか明るい窓が見えたが、建物の全体は、この暗さではどうにも見分けられない。

教えられた通り、右手の石柱に取り付けられたインタホンを押すと、ややあって、

「どなたですか?」

と女の声がした。

「迎三千世といいます。新任の教師として来ました」

「ああ。——くぐり戸の鍵(かぎ)を開けますから、正面の玄関へどうぞ」

と言い終ると同時に、わきの扉から、カチッという金属音が響いて来た。ロックが外れたのだろう。

私はその扉を押して中へ入った。

砂利道が、木々の間をうねりながらのびている。玄関らしい明りへ向って足を進めるが、砂利なので、ともかく歩きにくい。こんなことと分っていたら、運動靴でもはいて来るのだった、と嘆いても後の祭だ。

転ばないように、気を付けて歩いて、砂利道を半分ほど来たとき、どこかで水のはねる音がして、私は足を止めた。どうやら右手の木立ちの奥からだ。

水がはねる音といっても、かなり大きなものが落ちたような、ザブンという、くぐも

った音である。ちょうど人間が落ちたというような音で……。

「キャーッ！」

と、女の叫び声が、風を貫いて耳に届いた。「助けて！――誰か来て！」

明らかに、救いを求める声だ。一瞬、何かの聞き違いかと思ったのだが、しかし、これは空耳ではない。

私はボストンをその場に放り出して、声のした方へ、見当をつけて駆け出した。木立ちの中を、足を根っこに取られないように気を付けながら走るのは楽ではなかった。

突然、目の前が開けて、私は立ちすくんだ。――池、というから、そう大きなものとは思っていなかったのだ。

それは、一瞬ハッとするほどの大きさだった。夜の中に、冷たく横たわる水面は、かすかに波打っている。あの風が、ここだけは避けて通ってでもいるかのように、辺りは静かだった。

どこかまともでない、という印象が私を捉（とら）えた。池を挟んで、正面には異様な物がそびえていた。黒々とした影でしかないが、石造りの塔らしく見えて、私はあのバスの運転手の話を思い出していた。

しかし、もちろん、そうやってのんびりとその光景を眺めていたのではない。総（すべ）ては一瞬の印象として瞼（まぶた）に焼きつけられたので、実際には、すぐに、池のほぼ中央あたりで、人の頭が見え隠れしているのを目に止めていたのだ。

「誰か……」

少女らしい声は、途切れて、頭が水面に消えた。私はハッとして、池のふちまで進んだ。見ていると再び水面に頭が出る。

私は考える間もなく、靴を脱ぎ捨てると、ためらわず水中へと身を躍らせたのである。

高校時代には学校代表になったこともあり、泳ぎには自信があった。池はほぼ五、六十メートルの長さがある。溺れかかっている少女までは三十メートルくらいあるだろう。藻などがからむと危なかったが、池は深さがあるらしく、泳ぎながら、ほとんど何も足には触れなかった。

「頑張って！」

と私は顔を上げて叫んだ。

――間に合った。私は、その少女を片手で抱きかかえるようにして支え、素早く周囲を見回した。どっちへ泳ぐのが一番近いかを見たのである。

私が飛び込んだのとは反対側――つまり塔のある側が一番近そうに思えた。私は力をこめて、もう一方の手で水をかいて行った。

少女の方も、まだ多少は泳ぐ力が残っていたようで、思ったより楽に、岸へ辿り着くことができた。水草の上を這って、地面の上に身を投げ出す。少女は仰向けになって、何度か咳込んだ。

「水を飲んだ？」

と私は訊いた。

「少し……」

少女はかすれた声で言った。

「どうしてこんな所に――」

と言いかけて、「私は、新任の教師よ」

少女は、目を見開いて私を見た。

「先生ですか」

「ここの生徒？」

少女は黙って少し頭を動かして肯いた。

「――何年生？」

「二年です」

と言って、少女は咳込んだ。

「いいわ。今はともかく……。このままじゃだめだわ」

少女は、パジャマ姿だった。もちろん裸足である。私は立ち上ると、

「立てる？」

と少女の腕に手をかけた。

「ええ……」

少女はよろけながら立ち上った。

「そう。つかまって。——歩ける？」

「何とか……」

急に、冷え切った体に感覚が戻って来て、身震いした。早く、体を拭かないと風邪をひいてしまう。

私は、その少女を抱きかかえるようにして、池のふちをゆっくりと歩いて行った。少女の方も、体が小刻みに震えている。

ぐるりと池を回ると、私は脱ぎ捨てた靴を拾い上げた。

「どうもすみません」

少女は、さっきより大分しっかりした声になっている。

「いいのよ。それより早く行きましょう」

「ええ……」

少女は、私の肩につかまりながら、自分の足でしっかりと歩き出した。

「大きな池なのね」

と私は言った。

「ええ、それに深いんです」

と、少女は言った。「真中あたりは、五、六メートルはあるんです」

「まあ。——溺れるわね、それじゃ」

私は、今になってゾッとした。

「先生は……今日から？」

「ええ、そうなの。今、着いたところなのよ」

「こんなことになって……すみません」

少女は申し訳なさそうに言った。

「話は後で。早く校舎の方へ――」

私とその少女は、木立ちの中を歩いていた。――突然、背後から、つまり池の方から異様な音が響いて来た。

長い長い余韻を引いた、グォーンという、それは響きだった。音というよりは、体にじかに伝わって来る震動に近かった。

少女は、激しく身を震わせて、池の方を振り向いた。私は、その表情が恐怖にこわばるのを見て、わけも分らず戦慄（せんりつ）が体を貫くのを感じた。

「鐘が……」

と少女は口走った。

「え？」

「鐘が鳴ってるわ。――鐘が鳴ってる！」

最後はほとんど叫びに近いものになっていた。確かに、それは鐘の音のようではあったが、それにしては、どこか遠い世界から、長い長いトンネルを旅して来たように、くぐもった、鈍い響きであった。

どこで鳴っているのか、定かでないほどに、その音像は広がり、その付近を包み込むようだった。

音はしばし鳴り続けた。その響きが湧き上り、渦巻く空間の中に、私は、小刻みに震える少女を抱いて立ち尽くしていた……。

2　鐘の伝説

「着いた早々、こんなことになってごめんなさいね」

と、岡江多美子が言った。

「いいえ、とんでもありません」

私は、やっと温まった体で、息をついた。

「さあ座って。――まだ寒いんじゃなくて？　熱いココアでもいかが？　すぐに淹れてあげるわ」

「いいえ、そんなこと――」

「いいの、いいの。さ、あなたは座ってらっしゃい」

岡江多美子の言い方には、悪気のない押し付けがあった。しつこく断れば、却って気を悪くされそうで、私は言われるままに、長椅子に腰をおろした。かなり時代物の椅子で、少しギシギシときしんだが、艶の消えた木彫が、とても気持を落ち着かせてくれた。

何しろ、落ち着かない理由は山ほどある。――学院長の岡江多美子の私宅にいること。それも、風呂を借りて、冷え切った体を暖めた後、着替えを持って来ていなかったことに気付き、学院長から下着とバスローブを借りて、身につけていたのだ。

「遅いので心配していたのよ」

と、岡江多美子は居間へ戻って来て言った。

「バスがここを通っていないのを知りませんでしたので」

「そうらしいわね。いえ、あなたが遅いから、高田さんに、『ちゃんと教えてあげたの？』って訊いたの。そうしたら、『バスで一本なんですから、間違えようがないはずです』って言うじゃない。びっくりして、バスがもうなくなったんだと言ったら、高田さん――」

岡江学院長は、ちょっと笑って、「目を大きくしてね、『私に黙ってなくすなんて！』と言ったのよ」

私は、一緒に笑った。岡江多美子は、肩をすくめて、「高田さんはそういう人なの。私とは古い友だちでね、とても気のいい人なのよ。でも、この学院での生活が長すぎて、ちょっと浮世離れしちゃったのね。本当は事務長なんて仕事、彼女には向いていないんだけど、実際の仕事は私の息子がやってくれているから大丈夫なの」

「ここへ来る途中でお会いしました」

「ああ、そうね。あの子、今夜は見張りに立ってるんだわ」

私は、一体なぜ、あんな所に監視が必要なのか、訊いてみようと思ったが、口を開く前に、

「ココアを見て来るわ」

と、岡江多美子は居間を出て行ってしまった。

やれやれ……。本当に、着いた早々、池に飛び込むはめになるとは思わなかった。しかし、あの少女はここの生徒で、私は、いかになりたてとはいえ、ここの教師なのだ。

岡江学院長は、もう五十になっている――いや、おそらくは五十代も半ばを過ぎているはずだが、それにしては若々しかった。四十五、六といって充分に通用する。それも、化粧や服装での、作った若さでなく、ごく自然ににじみ出る若さだった。

知的で、穏やかで、教育者らしい暖かさを感じさせる。最近の校長に多い、経営優先タイプとはまるで違っていた。

私は、岡江多美子には好感を抱いた。ただ、この風変りなスタートが、微妙な影を落としていたことは事実である。学校そのものにも、どこか奇妙なところがあった……。

ドアの開く音に、振り向いた。あの少女が立っていた。

「あら。もう大丈夫？」

「はい」

少女は、おずおずと入って来ると、「――院長先生は……」

「すぐにおいでになると思うわ。かけたら？」

「いえ、ここで」

と、少女はドアを閉めると、居間の隅の方へ行って、立った。

「呼ばれて来たの？」

「はい、そうです」

と答えてから、「あの……さっきはありがとうございました」

と頭を下げた。

「いいのよ。——あなた、名前は？」

「中沢爽香（なかざわさやか）といいます」

「中沢さん？　よろしくね」

と私は微笑んで見せた。

中沢爽香は、こうして改めて見ると、モデルにでもしてもいいような、整った顔立ちの少女だった。女優になるのに欠けているのは一種のきらめきのようなものだけである。

「あの——」

中沢爽香は、迷いをふっ切るように、はっきりと言った。「黙っていて下さい、あの事は」

「あの事？」

「鐘が鳴ったことです。お願いです、院長先生に言わないで下さい」

「どうして？　何かまずいことでもあるの？」

「それは——」

と、中沢爽香が言いかけたとき、岡江多美子がココアのカップを両手に一つずつ持って入って来た。

「まあ、あなたも来てたの？　良かった。ちょうどココアが二杯できてるわ。あなたもお飲みなさいよ」

院長は、一つのカップを私に、もう一つのカップをテーブルの上に置いた。「さあ、ここへ来てお座りなさい」

「はい」

中沢爽香は顔を半ば伏せ気味にしたまま、やって来て、私の隣に腰をおろした。

「さあ、熱い内に飲んで。私はいいの。眠れなくなると困るから」

「いただきます」

と、私はカップを取り上げた。

一口すると、甘くて溶けるような味が口の中から、胸へと広がって行く。

しかし、中沢爽香の方は、カップには手を出そうとせず、じっと目を伏せたまま、座っていた。

「——さあ、中沢さん」

と、岡江院長が言った。「話してちょうだい。池で何をしていたの？」

「あの……」

と言ったきり、中沢爽香は、言葉が出て来ない様子だった。

「こちらの迎先生は、あなたを助けるために冷たい池へ飛び込まれたのよ。申し訳ないと思うでしょう?」

「はい」

「だったら、ちゃんとご返事なさい」

岡江院長の言葉は穏やかだったが、逆らうことのできない圧倒的な「力」を秘めていた。

「あの……外出していたんです」

中沢爽香は、細い声で言った。

「パジャマ姿で?」

「コートをはおっていました。でも……池に落ちたとき、脱げてしまったんです」

「どこへ出かけていたの?」

少女はちょっとためらってから言った。

「ええと……坂の下です。ちょっと……人に会いに……」

段々、声は低くなって行く。

「人に会いに? 誰かに会うのなら、昼間でいいでしょう」

「はい……。ちょっと……相手の人が忙しいもので……」

「だからって夜中に会いに行くというのは感心しませんね」

「すみません」

夜中という時間でもないが、確かにこの辺ではもう七時、八時といえば夜中に近いのだろう。

「うちは決して生徒たちを閉じ込めてはいないんですよ」

と、院長は、半ば私の方へ向いて言った。「寄宿制といっても、昔とは違いますからね。午後の授業が終ってから、夕食の六時までは外出も自由です。別にデートも禁じてはいません。この学校の中へ男の子を連れて来ることは許していませんけどね。――それをわざわざこっそりと……」

「すみません」

中沢爽香はもう一度謝った。

私は、いくつか妙な点に気が付いた。院長は、

「もう行っていいわ」

と、中沢爽香に言った。

「はい」

と、少女は立ち上った。――今は、彼女は白いブラウスにスカートという恰好だった。

一礼して出て行くのを、院長はじっと見送っていたが、ドアが閉まると、ふっと息をついた。

私は、そのときになって、今までの張りつめた空気に初めて気付いた。院長は、中沢爽香に、一種の敵意のようなものを持っていたらしい。ただ、それが表面に出ないだけなのだ。

「院長先生」

と私は言った。「あの子は、パジャマを着ていましたけど、ここの就寝時間はそんなに早いのですか？」

「いいえ。勉強もありますしね、結構みんな起きていますよ。たぶん、ベッドに入って本でも読んでいたのじゃないかしら」

それでいて、コートをひっかけて出かけているというのは、どうも妙な気がした。

「出て行くといっても、門は閉まっていますし、どこから出たんでしょう？」

と私が言うと、岡江院長は、ちょっと苦笑した。

「ここは何しろ古い建物ですからね、石造りの塀も、ところどころ崩れていて、実際には門限に遅れた子とか、夕食後に出かけたい子がそこから出入りしているようなの。私どもも分ってはいるけれど、そう、何もかも禁じてしまってもね……。それに、何か共通の秘密があるというのは、生徒たちを結びつけるものだわ」

私は肯(うなず)いた。——外見はおっとりしているが、どうしてなかなか、これは大した人物だと思った。よく少女たちの心をつかんでいる。

他にも、疑問の点はあった。たとえば、中沢爽香は、池に「落ちた」と言ったが、それならば、あんなに池の中央に浮いているはずがない。

それに、あの鐘の音のことを黙っていてくれと言ったり。——あの少女は、何かを隠しているのだ。

「どうもごちそうになりまして」

と空になったココアのカップを置く。

「今日はゆっくり休んでね。荷物が届いたら、すぐに知らせるから」

「お願いします」

私は立ち上って、ドアの方へ歩いて行きながら、「ここの名前――〈鐘園学院〉というのは――やっぱり本当に鐘があるんですか」

と訊いた。

「ここはもともと修道院だったの。だから池の向うに鐘楼があるでしょう」

「あの塔ですね」

「そう。前は礼拝堂とつながっていたけど、そっちは古くなって危なくなったので、壊してしまったのよ」

「そうですか。じゃ……鐘は今でも鳴らすことがあるんですか?」

「鐘を?」

岡江多美子は、ちょっと目を見開いて、「いいえ!　だって、もう鐘楼に鐘はないんですよ」

「それじゃ……」

「鐘はね、あの池の底に眠っているの」

と院長は言った。

まさか、と言いかけて、私はその言葉を、やっと呑み込んだ。——そう言われてみれば、あのときの鐘の音は、どう考えても、あの鐘楼の上から鳴り渡ったとは思えなかった。それにしては、腹の底に響き渡るような、池の底から湧き上って来るような音だった。

「では、失礼します」

と、ドアを開けると、

「やあ、さっきは」

目の前に、岡江克二が立っていた。

「あ、どうも——」

「大変でしたね。池に落っこちたんですって？」

「失礼なことを言わないの」

と、母親が言った。「中沢さんが溺れかかっていたのを助けて下さったのよ」

「中沢って——中沢爽香のこと？」

なぜか岡江克二の顔がこわばった。「大丈夫だったの？」

「ええ、もう何ともないようですわ」

と私が言うと、岡江克二は、ちょっとわざとらしく笑顔を作って、

「良かったね。下手に死人でも出したら、マスコミがうるさい」

と言った。

私には、それがとっさに思い付いた言い訳のように聞こえた。

「もう迎先生はお休みになるのよ」

と、院長が言った。「また明日お目にかかりましょう。同僚の先生方にも明日ご紹介するわ」

「よろしくお願いします」

「部屋まで送りましょうか」

と、岡江克二が言った。

「いえ、分りますから」

「あなたは入って」

と、院長が言った。「ちょっと話があるの」

「分ったよ」

岡江克二は肯いて、私の方へ、「じゃ、おやすみなさい、先生」

と言った。

歩き出した私の耳に、ドアが閉まる音が聞こえて来た。がその直前に、岡江院長の言葉の切れはしが耳に飛び込んで来ていたのだ。

「どうして持場を離れたの」

その言い方は、質問というより、むしろ詰問に近いものであった……。

「院長先生は息子さんのことを、子供だと思ってるのよ」

と言って、古谷(ふるや)公子(きみこ)は、カップからティーバッグを取り出した。「——さ、どうぞ、紅茶」

「ありがとう」

本当は、院長の部屋でココアを飲んで来たので、それほど飲みたくなかったのだが、同室になる教師仲間にそう言われては断るわけにもいかない。カップを受け取って、

「つまり、息子さんのことにあれこれ干渉するっていうこと？」

「そう。もう二十五になるっていうのにね。大体、外へ出ないで、ここで働いてろってのが良くないわ。息子さんの方も、表に働きに出ればいいのよ」

「いなくなったら、後が困るんじゃないの？」

「とんでもない」

と、古谷公子は首を振って、「あの人は要するに雑用係。大学を出てないから、教師の免状もないしね。あの人の仕事なんて、誰にだってできるのよ」

「じゃ、もともとあまり働くのが好きじゃないのかしら」

「私もあんまり好きじゃないわ」

と、古谷公子はクスッと笑った。

部屋は、壁も天井も板張りで、造りの古さを感じさせた。しかし、私など、モダンな造りよりは、ずっとこの方が落ち着いた。もっとも、今までのアパートから移って来れ

ば、たいていの所なら満足したに違いない。

古谷公子と二人で使うにしては広い部屋だった。窓が木枠なので、多少風が入って来て、冬は寒そうである。

古谷公子は私と同じ年齢で、華やかな感じの美人だった。朗らかで、屈託がない。すぐに打ちとけることができる相手だった。

「ともかく良かったわ。一人で退屈で仕方なかったんですもの」

と、いかにも嬉しそうだ。

「院長先生のお子さんはあの方一人なの?」

「そう。母一人、子一人で、多少過保護のマザコンになるのも仕方ないところがあるのよ」

遠慮のない言い方も、毒がないので、笑って聞ける。

「どうして息子さんは、あんな風に道に見張りに出ているの?」

「あら、聞いてないの?　この学校ね、今や危機なの。崖っぷちってとこかな」

「というと?」

「この辺も開発が進んでるでしょ。この敷地に、ある不動産会社が目をつけたってわけ。この学校を壊して、高級分譲地として売り出そうっていうのよ」

「まあ。そんなこと全然知らなかったわ」

「でも、院長先生が、頑として聞こうとしないのよね。ここから動く気はない、と言って。当分は大丈夫だと思うわ」

「良かった。せっかく来たのに、すぐ追い立てられるんじゃかなわないもの」

「でも油断は禁物。ともかく、ここの経営が苦しいのは事実なのよ。何しろ生徒の数が少なくて、院長先生もああいう性格の人だから、月謝を一向に上げないし……。大分借金があるらしいわ。その利子を払うだけでも大変なようなの」

「そんなに……」

「でも岡江院長の偉いところは、そういう苦労を自分一人で引き受けて、決して私たちの方へしわ寄せしないということね。ともかく生徒たちのことを考えていてくれればいい、っていうわけ。必要なものは、たいていちゃんと買ってくれるしね」

「でも大変でしょうね、それじゃ」

「だから、あの息子あたりがもうちょっとしっかりして、ちゃんと働いてれば、院長先生の苦労もずいぶん違うと思うんだけど……だめなのよね！」

「で、そのことと、あの見張りはどう結びつくの？」

「あ、そうか、ごめん！――それを話さなきゃね。要するにね、例の不動産屋がしつこくて、何が何でもここを手に入れようと、勝手に計画を進めてるわけ。そして昼間じゃ人目につくんで、夜の間に、こっそりと忍び込んで――塀の壊れた所があるからね――土地の測量をやってたのよ」

「ずいぶんねえ、また」

「それを見付けて院長先生、カンカンに怒ってね。それ以来、毎晩ああして道を上って来る人間がいないか、見張っているのよ」

「でも、院長先生の気が変らない限り、大丈夫なんでしょう？」

「そう。――分ってないのよ、不動産屋も。ご主人が眠ってるここを、院長先生が離れるわけがないんだもの」

「ご主人はここに葬られてるの？」

と私が驚いて訊くと、古谷公子の方が面食らった様子で、

「あら、知らないの？」

「ええ、ご主人が亡くなってるらしいとは察してたけど……」

「何だ、そうだったの。あのね、あなたが落っこちた池、あるでしょ」

いささか私には不名誉な話であるが、あの中沢爽香のことを考えて、ともかく私が上を向いて歩いていて池に落っこちたということにしてあるのだ。

「あの池にね、院長先生のご主人が沈んでるのよ」

私はギョッとした。その池に、私は飛び込んだのだ！

「でも――どうしてまた――」

「鐘のせいよ」

「鐘の？」

「これはもちろん私も人から聞いたんだから、どこまで本当か分らないけど――」

と、古谷公子は自分のベッドに腰かけて言った。「あの鐘楼の鐘は、青銅の、そりゃあみごとなものだったらしいわ。浮彫が施されて、本当にすばらしい音を響かせていたんですって。それが——二十年くらい前かな、つまり、あの息子が二、三歳の頃、ここへ泥棒が入ったらしいの」

「泥棒？」

「しかも、あの鐘を狙って、持ち出そうとしたんですって。美術品として、かなりの値打ちがあったのね、きっと。夜中に、七、八人でやって来て、運び出そうとしたの」

「それで？」

「ところが音がするわよね、やっぱり。鐘を池のほとりまで降ろして来たとき、院長が——つまりご主人の方ね——駆けつけて来て、『その鐘は絶対に渡さん！』と立ちふさがった。泥棒の一人はピストルを持っていて、突きつけたらしいけど、ご主人は頑として動かなかったのね。奥さんも後からやって来て、びっくりして、ご主人に、無茶はやめて、と叫んだそうよ。そのとき、泥棒が焦ったのか、ピストルを発射して、ご主人は胸を押えて池に落ちたの。泥棒たちはあわてて鐘をかかえ上げて逃げ出そうとした。すると、何の弾みか鐘が男たちの手から転げ落ちて、そのまま池に落ち、沈んでしまったのよ」

「——で、泥棒たちは？」

「逃げ出して、結局捕まらなかったらしいわ」

「じゃ、それっきり……?」

「いまだに、ご主人と鐘はあの池の底に眠ってるってわけよ」

「引き上げようとしなかったのかしら?」

「やってみたらしいけど、あの池は結構深いの。それに底は厚く泥がたまっていて、鐘のような重い物は、その底に沈んでるから、とても捜せないんですって」

「でも、ご主人の遺体だけでも――」

「それが不思議に、いつまでも上らなかったの。たぶん、後から落ちた鐘の下になったんじゃないかって言われてるのよ」

「沈んだ鐘ね……」

「何となく伝説風でいいじゃない?」

「でも、気の毒な話ね。それからは、ずっと院長先生が一人で頑張って来られたわけね。じゃ、ここを手離すはずがないわ」

「そうなのよ。それに、院長先生は、あの沈んだ鐘が、この学校の危機をいつも救ってくれると信じてるわ」

「守り神ね」

「そんなところ。――これも伝説だけど、何か危ないこと、悪いことが起こりそうになると、あの池の底から、鐘が鳴りわたるんですって」

私は、ちょっと間を置いて、

「その音を——鐘が鳴るのを、聞いたことがある？」

と訊いた。

「まさか」

と、古谷公子は笑った。「聞いたことがあるって生徒もいるけど、たいていはホラ吹きの常習犯よ。もっとも院長先生は何度か聞いたそうだけど——そりゃあ凄い、重々しい響きだそうよ」

私は何も言わなかった。——あの鐘の音は、確かに聞こえた。空耳でも幻聴でもない。現にあの中沢爽香が怯えたように叫んだのだ。

鐘が鳴っている、と……。

3　鐘楼にて

「心配するな。俺はあの院長の弱味を握ってるんだ」

その男はそう言って、ビールのコップをぐっとあけた。

年齢はもう六十――いや、実際はもっと若いのかもしれない。五十五、六、というところだろうか。しかし、荒んだ生活が、眼や顔色、貪欲そうな目つきに現れている。

「信じていいんだろうね」

と相手の男は言った。

こちらは、四十前後の、サラリーマンタイプで、ビールのコップには口をつけようともしなかった。

「疑うのか？」

「その手の話を持ち込んじゃ、謝礼だけくすねてドロン、ってのが少なくないんでね」

男はフンと笑って、

「見てな。あの女を言う通りにさせてみせるから」

「それは結構だが、礼金は仕事が終ってからしか払わんよ」

「いいとも。その代り、たっぷり弾んでもらうぜ」

「あの院長を立ち退きに同意させりゃ、こっちだって充分礼はする」

「任せとけって。――ただ、あの女に会う段取りをつけなきゃならねえ」

「そいつはこっちが考えるよ。なかなかあの院長は外へ出て来ないからな」

「二人だけにしてくれりゃ、三十分で話をつけてやるぜ」

「まあ、やってみてくれ」

と、サラリーマンタイプの方の男は、あまりあてにもしていないような口調で言った。

「それから、いいかね、一切うちの社の名前は出さんでくれ。あんたが恐喝や詐欺で捕まっても、うちの社は助けない。あんたが何と言っても、こっちは知らないことにするからね」

「くどくど言うなって。心配ねえよ」

男はそう言って、「もう一本ビールを頼んでいいか？」

と相手の顔色をうかがった。

「一緒にいるのを見られても困る。――これで飲むんだね」

相手は五千円札を一枚出した。

「こいつはどうも」

と引ったくるようにその札を取った。「じゃ、いつでも声をかけてくれ」

「そうするよ。あのアパートにいるんだね、いつも？」

「外へ出たって、行く所もないしね」

と、年を取った方の男は卑屈にも見える笑いを浮かべた。

「じゃ、この分は払っとく」

「すまんね」

「どうせ経費で落とすさ」

サラリーマンらしい男は、伝票を取って、レジの方へ歩いて行った。

——私は、フウッと息を吐き出した。

ここは、スーパーマーケットに近い中華料理店である。というより、ただのラーメン屋と言った方が近いだろうか。

鐘園学院で、三日が過ぎて、初めて週末がやって来ていた。土曜日の授業が終った後は、教師も生徒も、いわば自由時間で、ほとんどが外出していた。

土曜日の夕食、それに日曜日は、キッチンが休みになるので、みんなどこかへ食べに出なくてはならないのである。自宅の近い生徒は、土、日と帰宅することも許されていた。

この三日間は、まず極めて快適だった。というより、新しい環境に慣れるのに精一杯だったと言えるだろう。

生徒たちの顔は、すぐに憶（おぼ）えた。大体が憶えはいい方だし、一学年に一クラスしかないのだ。憶えるのは楽だった。当然、教師の数も少ない。

年寄りばかりかと思っていたが、意外に若い人が多くて、すぐに打ち解けることができた。——もちろん、若干の問題もなかったわけではない。

一つには、到着した私の荷物が、紐のかけ方が悪かったのか、中味がこぼれてしまって、二、三の必要な物が失くなってしまったこと、もう一つは、院長の息子、岡江克二が、この週末にデートしてくれと申し込んで来たことである。

そのことを話すと、古谷公子は笑って、

「あの人は、新しい女教師にはみんなそうなのよ。気にしなくていいわ」

と言った。

どうやら彼女も、やって来たときには散々彼につきまとわれた口らしい。

「週末はどうするの?」

と、古谷公子に訊かれて、私は肩をすくめた。「——予定なかったら、一緒に出かけない?」

私もちょっと迷ったのだが、ともかく細かい雑貨で揃えたい物もあり、一応学校に残ることにしたのである。

土曜の午後、古谷公子と一緒に駅の近くまで出て来て、別れた後、このラーメン屋に入って、遅い昼食を取っていた。そのとき、たまたま隣の席にいた二人の男たちの会話が、耳に入ったのだった……。

一体、この年寄りは何者だろう?　もう一歩落ちればホームレスという感じのいでたち。人にたかって生きることに慣れた人間であることが、その目つきから分った。

「院長」

という言葉が、必ずしも岡江多美子を意味するのでないことはもちろんだが、

「あの学校は――」

とか、

「池は深くて」

といった言葉が洩れ聞こえたし、

「何とか立ち退かせないと――」

と、おそらくは不動産会社の人間らしい、あの男が言っていたことからも、話が鐘園学院に関するものであるのは明らかだった。

私はとっくに食べ終っていたが、どうしたものか、考えあぐねて、席を立てずにいた。

一人、残ってビールをもう一本飲み終えた男は、やっと席を立った。

私は、ちょっとためらってから、立ち上って、男の後から、店を出た。

新参者の私が、どこまで口を出していいものかと迷いはしたが、たまたま隣の席に居合わせた幸運――かどうか分らないが――を、無駄にしてはなるまい、と思ったのだ。

ともかく、男の後を尾けて行ってみよう、と私は決心した。

スーパーの袋をかかえて人の後を尾けるのはいかに大変なものか、経験のない人には分るまい。袋がガサゴソいう音は、ギクリとするほど大きいのだ。

手がしびれて、右へ左へと持ちかえる度に、私は、その男が振り向くのではないかとびくびくした。しかし、多少はアルコールのせいもあったかもしれないが、男は、周囲のことにはまるで無関心な様子だった。

駅前の大通りから横へそれて、ごみごみした狭い通りを抜けると、小さなアパートが軒を触れんばかりにひしめき合っている。その男は、中でもひときわ古ぼけた建物へと、面倒くさそうに足を踏み入れた。

アパートの入口から中を覗き込んで、その男が入って行ったドアを確かめると、少し待ってから、私もアパートの中へ入って行った。

そのドアの表札は〈狭山〉となっていた。

「あら、向井さん、お出かけじゃなかったの?」

学校へ戻って、校舎へ入って行くと、事務長の高田百合と顔を合せた。

「まだ部屋の方が片付きませんので」

と私は言った。

高田百合は私のことを「向井」だと思い込んでいる。何度も、

「迎です。〈歓迎〉の〈迎〉の字で――」

と訂正したのだが、こと彼女に関しては、むだな努力に終ってしまった。

「時間があったら、お茶でも飲みにいらっしゃいよ」

「ありがとうございます」

と私は一礼して、人のいない廊下を歩いて行った。

高田百合は、私に、一年前になくなったバスに乗れと教えた当人である。そのことだけを取っても、彼女のおっとりした人柄は分ろうというものだ。

古谷公子の話では、高田百合は岡江院長の何十年来の友人で、以前は教壇にも立っていたということだった。年齢は院長と同じぐらいで、外見もよく似ている。しかし、院長が目に厳しい光を湛(たた)えているのと対照的に、高田百合の目は、まるで子供のように無邪気そのものだった。

「大きなお嬢様」

と古谷公子が呼んだように、高田百合は、家柄の良い令嬢育ちで、どんな事情があったのか分らないが、ともかく未婚のまま、今日に至っているらしかった。

事務長という職ほど、この人にふさわしくないポストは考えられない。ともかく、およそ実務的な能力のない人なのである。それを補佐しているのが、岡江克二なのだから、これはいい勝負である。

実際には、院長自らが事務長の役割を果しているというのが本当のところで、もちろん他にアルバイトの女の子が二人働いて、雑用を片付けているのだ。

なぜ院長が高田百合を、事務長という名目だけのポストに据えてまで置いているのか、私はちょっと不思議に思ったが、三日間、ここにいる間に、院長がいとも楽しげに高田百合と笑っている光景をしばしば目にして、院長の厳しい職務の中で、旧友とのひととき が唯一の息抜きなのだろう、と私は納得した。

部屋へ戻って、買って来た雑貨を、個人用の戸棚へしまい込んでいると、ドアが軽くノックされた。

「はい、どなた？」

「僕ですよ」

ドアが開いて、岡江克二が顔を出した。

「どうぞ、と返事があってから開けるものですよ」

と私は言ってやった。

「失礼。じゃ、もう一度閉めてノックしましょうか？」

「入ってから？　いいですよ、どうぞ」

つい、私は笑ってしまった。岡江克二には、生来のなまけ者に特有の、軽薄さがある。それがいや味でないので救われていた。

「迎先生、一人でおやすみですね、今夜は」

と、岡江克二は、古谷公子の机にヒョイと腰をかけた。「寂しくありませんか？　何ならお話の相手ぐらいつとめますよ」

「結構ですわ。だって、ここへ来る前は、一人で暮してたんですもの。一人の方が落ち着いて寝られます」

「やあ、そりゃ知らなかった。早速母へ言っときますよ」

「何を？」

「あなたが古谷先生と一緒で気づまりで仕方ないとこぼしてた、ってね」

「やめて下さい！　そんな意味で言ったんじゃありませんわ」

と私はあわてて言った。

「しかし、一人の方が落ち着くんでしょ？　ということは、古谷先生といるときは落ち着かないということだ」

「そうじゃありませんってば」

「そうか、するとこうかな？　今まで一人でいたときは時々男性が訪れて来てくれたのに二人になるとそうはいかない。おかげで欲求不満の苛々がたまって――」

「もう、何てことを！」

私は本当に腹を立てていた。「そんな、つまらないことを言ってる間に、何かやることはないんですか？　少しは仕事に身を入れたらどうなんです！」

岡江克二の顔から、急に、おどけたような笑いが消えた。そして目を伏せる。どうやら私の言葉が応えたようだ。

「あの……ごめんなさい」

私も、ちょっと気がとがめて、「ついカッとなって余計なことを言ってしまって……」

「いや、いいんですよ」

と、彼は床に降り立つと、ちょっと苦い笑いを浮かべて、「僕は母のお荷物なんです」

「そんなこと――」

「出てきゃいいんだ。本当は僕がいなくなりゃ、母もホッとしますよ」

と、ドアの方へ歩いて行く。

「待って。――そんな風に考えちゃいけないわ」

私が肩に手をかけると、彼はいきなり振り向いて、私を引き寄せ、キスした。あっという間のことで、避けようもなかった。

「やった!」

岡江克二はニヤリと笑って、「この手で古谷先生にもキスしたんだ!」

と言うなり部屋を飛び出して行った。

「全く……もう、あの人ったら!」

私は顔が燃えるように熱くなって、力一杯、叩きつけるようにドアを閉めた。「憶えてらっしゃい!」

その後、私は部屋の中をグルグルとむやみやたらに歩き回った。でも、その内に、私は笑い出していた。彼のやり口は、図々しいが、子供っぽく、罪がなかった。

子供のいたずらと思えば、キスも腹は立たない。

私は窓辺に立った。――木立ちの葉が、もう大分落ち始めて、枝は次第に透けて向う側が見えるようになって来ていた。私と古谷公子の部屋は――というより、教職員の部屋は二階にあって、この窓からは、木立ちの合間に、あの池の水面を見ることができる。窓は小さく、壁が分厚く外へ出っ張っているので、視野は広くない。

ここから望めるのは、あの池の一部だけで、例の鐘楼は見ることができないのである。

「――そうだ」

と私は呟いた。

あの鐘楼へ上ってみよう。この三日間、忙しさに取りまぎれて、あの鐘のことは忘れていたのだ。それに、校舎の中は古谷公子に案内されて一通り見て回ったが、あの池や、鐘楼へは足を向けなかった。

「昼間なら落っこちることもないしね」

と私は自分をからかうように言って、部屋を出た。

校舎の中はひっそりと静かで、廊下を歩くと、自分の靴音がこだまを返して来る。古い建物らしく、石造りの、薄暗い冷え冷えとした廊下は、まるでトンネルのようだった。

あの、池から助けた二年生の中沢爽香は、別に風邪を引いた様子もなく、元気に授業に顔を出していた。

まだ三日にしかならないので、二年生のクラスに授業をしたのも一度だけだったが、中沢爽香はかなり優秀な生徒だった。各課目の成績を見ても、安定して上位におり、かつおとなしい、教師にとっては大変にありがたい存在である。

しかし、どことなく地味な印象があるので、クラスの人気者、というわけではないようだった。誰とでも気軽に話はするが、それは話しかけられたときだけで、自分から進んで話しかけることは、あまりないらしかった……。

古めかしい石の円柱が両側を支える玄関を出て、砂利道から林の中へとそれる。

池は静かだった。そのふちに立って、静かに息をひそめる水面を見つめていると、あの鐘の音が、足下から湧き起こって来るような気がするのだ。

私は科学的な人間であり——といっても、人並みに、という意味だが——特別迷信深いわけでも何でもない。あの鐘の音は一体どこから聞こえて来たのかと考えると、首をひねらざるを得ないのである。

池の底に、泥に深く埋れている鐘が、何かの具合で鳴ることがあるとしても、あんなに朗々と響き渡るものだろうか？　とてもそんなことは考えられない。

しかし、あの鐘の音は、事実、聞こえたのである。

私は、肩をすくめて歩き出した。池のふちをぐるっと回り、鐘楼の下へ出る。

鐘楼は、ちょうど灯台に似た円筒形の塔である。近くで見ると分らないが、離れて見ると、土台の方が多少広がっているようだった。

石造りの、黒っぽい灰色の建物で、校舎と同じ石で造られているようだが、こちらの方が手入れされていないせいで、ずっと古びて見える。表面にはつたが這って、根元の方は、苔がこびりついていた。

入口は、ポッカリと開いた穴で、昔は扉がついていたのだろう、錆びついた金具が残っている。

中へ入ると、湿っぽい匂いが鼻をつく。足下は、雑草が生い茂って、足首まで隠れてしまう。——中には、ただらせん状の階段がずっと天辺まで続いているだけで、他には何もない。途中、明りとりの小窓があって光が射し込んでいるので、思ったより明るかった。

ちょっとためらったが、ともかくここまで来たのだ、上まで行ってみよう、と思った。

階段は何の木で出来ているのか、こうした方面に知識のない私には分らないが、非常に硬い木であることは確かだった。滑らかな手すりの表面の冷たい、硬い感触は、木よりむしろ石に近いものだ。

少なくとも、階段部分は、今も全く危なっかしいようなことはなく、腐っている所もなかった。

階段がぐるぐるとらせん状に上って行く、その中心軸に当る空間を、太い綱が一本、垂れていた。綱は地上一メートルほどのあたりまで達していて、昔はそれを下で引いて鐘を鳴らしたのに違いない。

塔の高さは、たぶん十二、三メートルにはなるだろう。もちろん、上って疲れるほどの高さでもないが、最近のアパート、マンションなら、四階分ほどの高さである。

上に上って、私は、一息ついた。少し高いだけで、風が渡って来る。なかなかいい気持だった。

上は四方が見渡せるようになっており、先の尖った屋根を、四隅の柱が支えていた。

私は、手すりに手をかけて、校舎の方を眺めてみた。——見なれたものも、ちょっと視点を変えてみると、まるで違って見えることがある。

近くで見ると、どっしりと重々しく、威圧されるような石造りの校舎だが、こうして鐘楼の上から見ると、ひどく小さく見える。それは単に距離の問題だけではなかったかもしれない。

なぜか分らないが、私には、そう感じられたのである……。

私は、高い所が、あまり好きでない。高所恐怖症というほどでもないのだが、ロッククライミングに挑戦しようという気はなかった。——あれは本当に不思議なもので、私の叔父は、見かけからして、豪傑タイプで、実際に柔道、空手の有段者なのだが、高層ビルのエレベーターに乗ると、じっと目をつぶって、青くなって震えている。何十階の窓から地上を見降ろそうものなら、ヘナヘナとその場にへたり込んでしまうのである。

あれはおよそ、度胸とか肝っ玉とは関係がないらしい。

私はそっと手すりから身を乗り出して、下を覗き込んだ。足から、ゾクゾクするようなむずがゆさが這い上って来る。やめておけばいいのに、怖いもの見たさというやつなのだろう。

見下ろすと、池に、細かい波が立っている。陽射しが水を透明に浮き立たせたのか、水の色が一様でないことがよく分った。特に真中あたりがひときわ黒々としているのは、おそらく一段と深いのだろう。

中沢爽香を助けたのが、あの辺に違いないが、今思うと、ちょっと身震いが出てしまう。

しかし、こうして眺め回すと、確かにかなりの敷地だった。不動産会社が目をつけるのも当然かもしれないという気がした。それでも、この石造りの校舎を取り壊し、この池を埋めるのは、容易なことではあるまいが……。

大きく深呼吸した。緑を渡って来た風は爽やかだった。目を閉じて、静けさを吸い込んでみる。

手すりをしっかりつかんでいたこと、そして、目を閉じていたので、音に敏感になっていたことが幸いだった。

不意に足音が背後に迫った。ダダッと小走りで、一気に飛び出して来たようだった。一瞬、振り向く前に身を固くして、手すりを握りしめていた。

背中を強く押されて、私は前にのめった。視界が大きく揺れて、上半身が手すりからぐっと飛び出した。地面がせり上って来る。

私は声を上げなかった。必死で手すりにしがみついた。足は床を離れていただろうか？　分からない。――ともかく、空中で振り回されているような気がした。これを離したら、落ちる、とだけ思っていた。手すりに抱きつくようにして、身をつなぎ止めた。たぶん、実際には、一度背中を突かれて、前へのめった、それだけだったに違いない。

ショックと恐怖が感覚を狂わせていたのだ。

その人物は、一度突いただけで、退散していた。二度突かれたら、おそらく私は墜落していただろう。

気がついたときは、私は手すりを握ったまま、その場に座り込んでいた。足音が――らせん階段を駆け降りる足音が、遠ざかって行くのが聞こえた。

全身が震えた。――助かった。助かった。そう呟いている自分に気付いたのが、どれぐらいたってからだろう？

誰かが――誰かが突き落とそうとしたのだ、私を。誰が？　なぜ？

しかし、そのときには、そんなことをまともに考えてはいられなかった。ただもうむやみに恐ろしくて、立ち上ることもできずに、その場にうずくまっていたのだ。

どれぐらいそうしていただろうか。――ふと、上って来る足音が耳に入った。

4　女たちの顔

「びっくりしたわ、本当に」

と、岡江多美子は言った。「あなたがあんな所に青くなって座り込んでいるんですもの」

「すみません、ご心配をおかけして」

と、私は言った。

「さあ、紅茶でも飲んで。——何ならアルコールの方がいい？」

「いいえ、私、全然弱くてだめなんです」

院長室のソファに座って、やっと体の震えはおさまった。

「突き落とそうとしたんですって？　何てことでしょう！」

と岡江院長は自分も紅茶のカップを手に、首を振った。「誰なのか分って？」

「いいえ、とても振り返る余裕もなくて」

「そうでしょうね」

少し間を置いて、院長は言った。「警察へ届ける？」

私はためらった。

「どちらがいいと思われますか」

と院長に訊いた。

「そうね……。私としては、今ここにあまり警察の人を入れたくないの。事情はあなたも聞いているでしょうけど」

「はい」

「機会があれば、不動産屋の人がそこへつけ入って来るでしょう。それにこの学校自体の経営も楽じゃないし……。ここで何か悪い評判が立てば、生徒を預けている親ごさんたちがどう思うか――」

院長は、ちょっと微笑んで、「でもそれはこちらの事情です。あなたが決めてくれれば、私は何も言いませんよ」

私としては、あれが果して殺意あっての行為だったのかどうか、確信が持てなかった。なぜなら、本当に突き落とす気なら、あんな風に、一度突いてやめることはないはずだからである。もうひと押しされたら、私は間違いなく落ちていただろう。

そうしなかったのは、相手に、私を殺す意志がなかったからではないだろうか。――とすると、何のつもりで、あんなことをしたのか。

単に脅すためだとしても、その理由が分らない。もちろん一歩間違えば命を落とすところだったのだから、私としても忘れてしまうわけにはいかない。しかし、今、ここで騒ぎ立てるのも、ためらわれた。

「一応今度のことは、このままにしておこうと思います」

と私は言った。

「そう」

院長はホッとしたように言った。「でも、充分に用心してね」

「はい」

私は、少し考えてから、「――最近あそこから落ちて亡くなった先生がいるというのは本当ですか？」

と訊いた。

「誰がそんなことを？」

院長の言葉は、少し鋭さを増していた。

「バスの運転手さんです。私がここへ来ると言うと、その話を――」

岡江院長は、ちょっと微笑んで、

「色々噂になっているようね。――確かに男の先生が落ちて亡くなったのは事実です。でも、もう半年近く前のことですよ。それに警察もちゃんと調査をして、誤って落ちたのだと結論が出ています」

「そうですか……」

「その頃はまだ不動産屋の人たちとも、そうこじれてはいなかったし、別に話題にもならなかったのだけれど、最近、それを何のかのと怪しげなフィクションに仕立てている人がいるのね」

「じゃ、やっぱり不動産会社の――」

「そうでしょうね、もちろん。私たちに何とかここから出て行かせたいのよ。でも私は絶対に動きませんからね」

「私もぜひお力になりたいと思いますわ」

「ありがとう」

院長は嬉しそうに私の手を軽く握った。

私は、立ち上って、院長室を出ようとしたが、ドアを半分開けて、振り向いた。口にしたものかどうか、決めかねているままに、言った。

「あの――狭山という名前の人をご存知ですか?」

岡江院長は、胸を突かれたようにハッとした。その驚きようは、隠すべくもなかった。

「どこでその名前を?」

と院長が問いを発したのは、たっぷり一分近くも過ぎてからだった。

「実は……」

私はさっきの中華料理店で偶然耳にした話から、男の後を尾けて行ったことまでを話して聞かせた。

「――お話ししたものかどうか迷ったのですけれど」

「聞いて良かったわ。本当に運が良かった。——確かにその男なら知ってるわ」

「じゃお知り合いなんですか？」

「ずっと昔にね。でもそんな近くに住んでいたなんて……」

院長は机の方へ歩いて行くと、私の方へ背を向けて考え込んでいた。私は院長が、あの男のことを説明してくれるのかと待っていたが、院長は振り向くと、

「そのアパートの場所を教えてくれる？」

と言った。

「行かれるんですか？」

「まだ分らないわ。決めかねてるの。でも一応場所だけは知っておきたいの」

「分りました」

私は、院長の机の上のメモ用紙に、地図を描いた。「——たぶん、これでいいと思いますが」

「ありがとう。あなたのおかげで助かることが多いわ」

「いいえ、とんでもない……」

私は少し照れて、頭を下げると、院長室を後にした。

「——学校の食事の方が、よほど*まし*ね」

と、古谷公子が首を振った。

「仕方ないわ。この店じゃ」

私は比較的無難な——つまり、どこで食べても味のあまり変らない、ということである——ハンバーグステーキを食べていた。

それにしても、おいしくはなかった。

土曜の夕方、古谷公子から電話がかかって、早くだったので、駅前で夕食を一緒に、と言われ、こうして出て来たのである。

おそらく、古谷公子の方で気をつかってくれたのだろう。わざわざ、こんなスーパーの食堂で夕食を食べなくても、都心で食べて帰って来れば良かったのだから。

おいしくはなくとも、安くて、子供がいくら騒いでも、スプーンを落っことしても、スパゲティをテーブルにぶちまけても、文句を言われないので、家族連れで混み合っている。

「凄い人ね。頭が痛くなる」

と、古谷公子はため息をついた。

「都心の方がもっと凄いでしょ」

「でも、こんなにガキ共はいないもの」

と言って笑う。「私もいつか、こういうガキの親になるのかと思うとゾッとするわ」

「子供、嫌い？」

と私は訊いた。

「苦手なの、甥っ子や姪っ子もいるんだけど、とってもだめ。いつも逃げ回ってるわ。母性本能に欠けてるのよ、私」

隣のテーブルで、赤ん坊がギャーッと派手な声で泣き出した。

「出ましょう。裏通りに静かな喫茶店があるの。そこで少し頭痛を治さなきゃ」

と、古谷公子は立ち上った。

「ここは持たせて」

と私は伝票を取った。

「そう？　じゃ、ごちそうになるわ。もっと高いもの食べるんだったな」

私は笑った。そうすんなりと受けてくれると気持いい。妙に遠慮されて固辞されても困るものである。

古谷公子が案内してくれた喫茶店は、確かに静かだった。それでも席は八割方埋っている。

「見つけたときは、いつもガラガラだったのにね。もっとも、いつまでもそれじゃ潰れちゃうけど」

コーヒーの味も、まずまずだった。

「ねえ」

と、古谷公子が言った。

「何？」

「あなた、前の学校をどうして辞めたの？」

私が、ちょっと答えずにいると、古谷公子は、

「いいのよ、話したくなかったら」

と急いで言った。

「そうじゃないの。どう言おうかと思って……。要するに結婚のためだったのよ」

「まあ。そうだったの」

「それで、相手が外資系の会社の人でね、外国へ行くというものだから、仕方なく、私が辞めることにしたの」

「それで……」

「ところがいざ辞めて、式の準備をあれこれ始めたら、とんでもないことになっちゃって――」

私は肩をすくめて、「つまり、彼に愛人がいたの。しかも、妊娠してるというんだもの。それが分ったのが三月前」

「ひどいわねえ」

「で、即座に婚約も解消。こっちはまた職探しってわけよ」

「大変だったわね、それは」

「散々よ。それにしても……私って男を見る目がないんだな、って思っちゃった」

「お見合だったの？」

「いいえ、恋愛。私のいた学校に、機械のセールスでやって来てね、そのとき、私が扱い方や何かをいろいろ説明してもらったのね。それがきっかけで、一目惚れみたいなものよ。あちらも、そう……だと思ってたんだけど」

「でも、結婚する気はあったんでしょ、向うも」

「たぶんね、もう具体的にあれこれ進めてたんだもの。その愛人という女性とは、一応別れたんだと彼は言ったの。でも、その後で妊娠が分って、女性の方も黙っていられなかったんでしょうね」

古谷公子は肯いた。

「子供ができると、女は強いっていうものね」

「彼の方は、まだ諦め切っていないみたいだったけど、でも私の気持がね……」

「そりゃそうよ」

古谷公子は肯いて、「男はいくらも転がってるわ」

と言った。

その言い方が何となくおかしくて、つい笑ってしまった。

――それから、あれこれとおしゃべりに時間を費やし、何だかお酒でも飲んで酔ったような上機嫌で、私たちは学校へと戻って行った。

もちろん、バスを降りて、あの坂を上るのである。慣れたせいか、それほど苦にはならない。

「今はいいのよ」

と、古谷公子が言った。「大変なのは、真夏と真冬」

「夏は大変ね。暑いでしょう」

「炎天下、ここを上るのは地獄よ。でも、やせたい人にはいいかもしれない」

「冬は？」

「雪。——雪が降っても、陽が射して溶けてくれればいいけど、凍りつくと、もうお手上げよ」

「そうか。とっても上れないわね」

「上りはそれでも可能よ。下りが怖いの。ツルツル滑るし、転げ落ちたら大けがでしょ、まず」

「怖いわね」

「何とかしてほしいわ。エスカレーターでもつけるとか」

「まさか」

と私は笑った。「ソリでも使ったら？」

「猛スピードで止められなくなるわよ。下の通りへ出て、バスと衝突！」

私たちは、坂を半分ほど上って来ていた。

——突然、小さいライトが向って来た。何だろう、と思う間もない。

一台の自転車が、坂を猛スピードで降りて来るのだ。さけようもない。ぶつかる！

――と思った瞬間、キーッとブレーキをきしませて、自転車は、私のわき、すれすれの所をかすめて行った。

「ああ、びっくりした」

私は胸を押えた。今日は心臓に悪いことばかり起こるようだ。

「無茶ね、誰かしら?」

と、古谷公子が腹立たしげに言った。

「見えなかったわね、一瞬で」

「上から来たってことは、学校からかしら? でも誰が……」

と古谷公子が首をひねっていると、今度は足音が坂の上から近づいて来た。

「――やあ、我が校の美女二人ですか」

もちろん、岡江克二だ。

「今、自転車が行ったの、見た?」

と古谷公子が言った。

「ええ。それを追いかけて来たんですから」

「何なの?」

「さあ」

と肩をすくめて、「ともかく、若い男でね。学校の中に入りこんでたんですよ。見つけて声かけたら、自転車で逃げ出した」

「何の用かしら?」

「不動産屋らしい感じじゃなかったな」

「いやね、良く気を付けないと」

と、古谷公子は言った。

私は、鐘楼での出来事を、彼女へ話していない。話せば、彼女から何か情報が得られるかという気もしたが、一応院長から口止めされているので、勝手には話せなかった。

「じゃ、ガードマンさん、ご苦労様」

と、古谷公子は、岡江克二に声をかけて、歩き出した。

「おやすみなさい」

と、声がかかった。

「面白い人ね」

と私は言った。

「面白すぎて、私の趣味じゃないの。私は、もっと知的な水準の高い――」

と、古谷公子は、理想の男性像をのべ立てた。もっとも、そんな男性は世界中捜してもいないに違いない、という気はしたが……。

「――もうこんな時間」

と、話が途切れて、時計に目をやった古谷公子が言った。「見て。一時よ」

「本当だ。寝ましょうか」

「そうね」

いざ時間が分ると、急に眠気がさして来る。今の今まで、おしゃべりに夢中で、およそ眠くなどなかったのに、勝手なものだ。

「お風呂に入ってなかったわ」

と、古谷公子は苦笑いした。「すっかり忘れてた。――あなたは？」

「もう夕方入ったの」

「そうか。じゃ一人で寂しく入って来ようかな」

ここは生徒も寄宿制だから、当然建物の中に浴室もある。校舎と宿舎はつながっているが、その宿舎の端に、もう一つ出っ張った棟があって、そこが浴室になっている。生徒が入る、大きな浴室と、教職員用の四、五人で入れる程度の大きさの浴室があった。

「付き合いましょうか？」

と私が言うと、古谷公子は笑って、

「いいの、冗談よ」

と手を振って、手早く仕度をする。「じゃ、ひと風呂あびて来るわ」

「中で眠って溺れないでね」

と私は言った。

廊下を、口笛を吹きながら歩いて行く古谷公子の足音が遠ざかって行く。私は、寝る仕度をしようか、とベッドを直した。

寝る前のひととき、ベッドに腰をおろしてぼんやりするのが、私は好きである。眠るための準備運動——というのもおかしいが——で、これを抜きにベッドに飛び込んでも、決してすぐには眠れないのである。

何も考えずにぼんやり座っている。——しかし、今日はつい、あの鐘楼での出来事を思い出してしまう。今さらのように、足がすくみ、身震いが出て来た。

時間を置いて、却(かえ)ってその恐怖が現実のものとして感じられるようになったのだろう。これは冗談ごとではないのだ。誰かが、私を突き落とそうとした。

たとえ、おどかしだったとしても、本当に死んでいたかもしれないのだ……。

しかし、なぜ？——そう、この点こそが分らなかった。なぜ、その誰かは私を突き落とそうとしたのか。私はここでは本当の新参者に過ぎないのに。

この学校には、何が起ころうとしているのだろう？——私には知るすべもなかったが、しかし、何かが起ころうとしていることは、否定できないような気がした。

あれこれ考えていると、少しも眠くなって来ない。却って目が冴(さ)えて来てしまった。

「参ったな」

と私は呟(つぶや)いた。

あまり寝つきのいい方ではない。一旦(いったん)目が冴えてしまうと、夜中過ぎても眠れないことがある。明日は日曜日だから、多少の夜ふかしは構わないとはいえ、もう一時を回っているのだ。下手をすると、眠れないままに、夜が白々と明けて来る……ということになりかねない。

もう一度、お風呂に入って来よう、と思った。熱いお湯につかれば、少しは眠くなるかも知れない。

まだ古谷公子も入っているだろう。私は干してあったタオルをつかむと、部屋を出た。夕方使ったタオルはまだ湿っている。

廊下はシンと静まり返っていた。みんな寝静まっているのだろう。私は足音をあまり立てないように歩いて行った。

教師たちの他に、生徒でも、家の遠い者、地方から来ている者は、もちろん週末も宿舎にいるわけで、数からいうと、大体三分の一ぐらいに当っている。

生徒たちの部屋の前を通ると、中から、まだ話し声や笑い声、ラジカセの音楽などが洩れて来る。もちろん、とっくに就寝時間を過ぎているが、夜ふかしは若い世代の特権であり、明日は日曜日だ。院長もそこまでは干渉しない方針だった。

通路を抜けて、浴室のある棟に入ると、私は戸惑った。――教職員用の浴室に明りが点いていないのだ。

古谷公子はどこへ行ったのだろう？――奥を見ると、生徒用の大きな方の浴室に、明りが点いている。

「あっちに入ったのかしら？」

と呟いて、ガラスのはまった戸の方へと歩いて行った。

教職員は、夜中でもお湯を入れて入浴ができるが、生徒たちの入浴は九時までと決められている。もっとも、生徒たちも夜遅く、こっそりと入っていることはあるらしい。ガス代は馬鹿になるまいが、その辺も、院長は寛大だった。

戸を少し開けると、中で誰かが話しているのが聞こえた。声が反響して、話の内容は分らない。どうやら一人が古谷公子らしいことは分った。

笑い声がして、お湯のはねる音がした。私も仲間に入れてもらおうと思った。

戸を開けて、脱衣室に入る。すりガラスの向うに、肌色のおぼろげな影が動いていた。

脱衣かごの一つに、古谷公子の服が放り込んである。私など、脱衣かごに入れるときもついたたんでしまうのだが、その辺、古谷公子は男性的なのかもしれない。

もう一つ、服の入ったかごは、生徒のものらしかった。焦茶色のセーターに、見覚えがある。あれは――たぶん中沢爽香のものではなかったかしら？

そのとき、浴室の中で、派手な水音がした。弾みをつけて飛び込んだ、という音である。水を打つ、バシャバシャという音がたて続けに五、六回聞こえて――、

「いやっ！」

という、甲高い叫び声が耳を打った。

放ってはおけなかった。私は仕切りの戸をガラガラと開けた。

浴槽の中で、古谷公子がハッと起き上って私を見た。いつものおどけた明るい表情とは別人のようだった。目を見開いて、怒りに歪んでいるような表情だ。

突然、古谷公子を押しのけるようにして、中沢爽香が湯の中から頭を出し、激しく咳込みながら、浴槽から這い出して来た。

「――どうしたの？」

私は、二人へ問いかけた。だが、中沢爽香は、濡れた髪を強く振って水を飛ばすと、立ち上って、脱衣室へと駆け込んで行った。ものの十秒としない内に、戸が開いて、駆けて行く中沢爽香の足音が聞こえて来た。

きっと下着はつけずに、セーターとスカートだけで、後はかかえて行ったのだろう、と思った。

「どうしたの？」

私はもう一度訊いた。古谷公子は、放心したように、浴槽の中に座っていた。しばらくしてから、彼女はポツリと言った。

「殺してやろうと思ったの……」

「あなたと院長の息子さんが？」

私は思わず訊き返した。

部屋は、明りを消して、もう私も古谷公子もベッドに入っていた。眠れないことは分っている。——三十分近くもそうしていただろうか、やっと、彼女が言ったのである。

「私、岡江克二と婚約していたのよ」

私が驚くと、古谷公子の低い笑いが聞こえた。

「おかしいでしょ?」

「そんなことないけど……」

私は曖昧に言った。「院長先生はご存知だったの?」

「いいえ。その内に必ず話すから、って、彼いつもそう言ってた……。でも、その前に、あの子が現れたのよ」

「中沢爽香のこと?」

「そう。——彼はあの子にすっかり参っちゃったの」

私は、中沢爽香が池に落ちたと知ったとき、岡江克二の顔がこわばったことを思い出していた。

「で、あなたとは別れて……」

「捨てられたのね、結局。でも、私は泣いてごねたりするの、いやだった。気が変ったのなら仕方ないじゃない、と言って、平気な顔で別れたわ」

彼女ならそうするだろう、と私は思った。

「彼は、あの子とちょくちょく外で会うようになったわ。もちろん院長先生は何も知らない。——分ったら大変よ。生徒と問題を起こすなんて、院長にとっちゃ一番の罪ですものね」

私は、ちょっと迷って、

「でも——どうして今日はあんなことになったの？」

「さあ……」

古谷公子は呟くように言った。無表情な声で、その心の内はうかがい知れなかった。

「楽しく一緒に入ってたのよ、お風呂に。でも、あの子の若い体を見て……彼に抱かれてるのかと思うと、カーッとなって、もう何が何だか分らなくなって……」

「分ったわ」

と私は言った。「もう寝ましょう。夜が明けちゃうわ」

「うん……」

しばし、互いの静かな息づかいだけが、闇の中に対話を続け、やがて私は、眠りの中へ落ちて行った。

5 流された血

「悪いわね、せっかくお休みなのに」

と岡江院長が言った。

「いいえ、どうせ時間はあるんですから」

私は振り向いて、「あ、高田さんが――」

と言った。

「あの人ったら、一人じゃどこをどう歩いてるか分らないくせに……。高田さん！」

と、院長が戻って行く。

事務長の高田百合は、雑貨店の店先で、店員の実演販売をポカンと眺めていた。

日曜日の駅前商店街は、ごった返すような人の波で埋っていた。実際、高田事務長ならずとも、迷子になってしまいそうな人出である。

もう午後の二時になっている。――今朝起きると、古谷公子は、昨夜のことがあって、きまり悪いのか、もうどこかへ出かけた後だった。もっとも、私が起きたのは、もう十時近くだったのだが。

朝を兼ねての昼食を摂りに表に出ようとすると、岡江院長に呼び止められた。

「昨日、あなたが書いてくれた場所に案内してくれない？」

と院長は言い出した。

「そう。捜して行くのは苦手なの。むだにグルグル歩き回っても仕方ないでしょ」

「あの狭山って男とお会いになるんですか」

「いつか会うことになると思うの。でも向うが来るのを待っていたら、向うのペースにはまることになるでしょ。だから、こっちから不意打ちしてやろうと思って」

と、院長はニッコリ笑った。

不思議な人だ、と私は思った。まるで子供が何かいたずらでもしようとしているときの顔をしている。

「でも、あなたに何か予定があれば、自分で訊いて行くわ」

「いいえ、私は別に――」

と急いで言った。「狭山っていう人、何者なんですか？」

院長は愉しげに、

「後で説明してあげるわ。――後でね」

と言った。

それはまるで、何十年も先よ、と言っているように聞こえた。いずれにしろ、院長が、あの男と会うのを恐れてはいず、むしろ楽しみにしている様子に、私は面食らい、またホッとしてもいたのである。

院長と私が出かけようとすると、

「待って！——待ってよ、ちょっと」

と、高田百合がハアハア言いながら追いかけて来た。

「高田さん、どうしたの？」

「私も連れてって。駅へ行くんでしょ？」

「そうよ。あなた、出かけるの？」

院長の言葉に高田百合も多少カチンと来たようで、

「そりゃ私だって、たまには出かけるわ。いけないの？」

「いいけどさ」

と院長は笑いながら、「向うで迷子になるわよ」

「その前に、向うへ着くという問題があるわ」

と、高田百合は言った。

ともかく、とっくになくなったバスが、まだ走っていると信じていた人である。確かに誰かがついていかなくては、どこへ行くか分らない。

こうして三人で駅前の商店街へ出て来たのだが、食事を一緒にして、さて二人で狭山という男のアパートを訪ねようと思っても、高田百合がくっついて離れないので、ちょっと困っているところだった。

「――じゃ、そこのスーパーで買物しててくれる？」

院長は、高田百合を引張って来た。「――私は、迎さんと行く所があるの」

「ああ、そう」

高田百合は、肯（うなず）いて、「でも……どこで待ってればいいの？」

「その一階の入口でいいじゃないの」

「そこで？――そうね」

「そんなにかからないと思うわ。三十分ぐらいで戻るから」

「いいわ。じゃ、そこにいる」

と高田百合は、渋々ながら、という様子で、「ちゃんと戻って来てよ」

と言った。

「あなたを置いて帰らないわよ」

「じゃ、中をぶらぶらしてるから」

「はいはい。――じゃ、迎さん、行きましょうか」

院長に促されて、私は歩き出した。ちょっと振り向いてみると、高田百合が、心細げに見送っている。

「大丈夫でしょうか、事務長さん」

「大丈夫よ」

と、院長は肯いて、「子供じゃないから、泣き出しはしないでしょ」

と言った。

アパートの前へやって来て、私は足を止めた。

「ここだと思います。ちょっと待っていて下さい」

私は、アパートの中に入って、あの男の入って行ったドアを見つけた。〈狭山〉という表札。

「――左手の奥から二番目です」

と、戻って院長に言った。

「ありがとう」

「いるかどうか分りませんけど」

「たぶんどこへも行かないでしょ」

と、院長は言った。

いかにも相手を知っているという口ぶりである。

「じゃ、私はここで……」

と言いかけると、

「待っていてくれない？　もし良かったら……」

「ええ、それは――」

「じゃ、ここにいて。三十分って言ったけど、そんなにもかからないわ。きっと十五分くらいで済むはずだから」

「分りました」

と私は言った。「その辺にいますから」

アパートの入口に立っていたのでは、人目につくし、他の部屋の人が見たら妙に思うだろう。

私は、外へ出ると、ぶらぶらとその辺を歩いた。アパートの方を見ながら、あまり離れすぎないように、行ったり来たり、をくり返した。

買物に出る主婦、帰って来る親子連れ。日曜日なので、父親がスーパーの大きな袋をかかえているのも目についた。

「荷物持ちか」

と私は微笑んで呟いた。

また、そういう亭主たちが、さしていやな顔もしていない――むしろ楽しげでさえあるのが、時代を感じさせる。

腕時計を見ると、十五分がたっていた。――どれぐらいかかるだろう。

あの男と院長が、部屋で何を話しているのか、ちょっと想像がつかなかった。およそ外見上は別世界の人間である。しかし、人間は変るものだから、あの狭山という男も、昔はあんな風ではなかったのかもしれない。

いずれにせよ、後で院長があの男のことを話してくれるだろう……。

「――遅いわね」

だが……。

二十五分、話が長引いているのか。それとも、妙にこじれているのでなければいいのだが……。

心配になり始めると、それが増幅して来る。実際、あの男は、恐喝まがいのことは平気でやりそうである。私は、アパートの入口から様子をうかがった。

どこかの部屋で子供が泣いている。TVの音もする。ドスン、バタン、と子供が暴れているらしい。親がどこかで怒鳴っている。

「いい加減にしなさい！　ひっぱたくよ！」

狭い部屋で、子供に泣きわめかれたら、ヒステリーも起こしたくなるだろう……。

私は、入って行くと、狭山の部屋のドアに歩み寄って行った。――近づいて、耳を澄ましてみるが、音らしいものは聞こえない。

たっぷり五分間、そのドアに耳を寄せていたが、中からは話し声らしきものは聞こえて来ない。

私はちょっと不安になった。しかし、あの男が何か危害を院長に加えるとは考えられない。大体、院長が、男の方をやっつけてしまいそうだ。

時計を見ると、三十分を過ぎていた。私はドアを開けてみようかと思った。とがめられたら、心配だったから、と言えば済む。

私は決心するとドアを軽くノックした。――間を置いて、少し強く。しかし、返事一つない。

ノブを回すと、ドアが開いて来た。

院長が見えた。ドアの正面に、畳の上に座り込んでいる。——何だかいやに青ざめて、呆然としているように見えた。

「院長」

と声をかける。「失礼します」

しかし、私の声は、院長に届いていないようだった。

「あの……狭山っていう方は——」

私は中へ入って、部屋を覗いた。ドアを開ける前、陰になっていた辺りに、あの男がうつ伏せに倒れていた。

異様に生ぐさい匂いに気付いた。——血が、男の体の下に広がっている。赤黒い水たまり、そこへ突っ伏して、男は動かなかった。

どれぐらいその場に立ち尽くしていただろう。一分か。それとも十分か。どちらとも思えた。ともかく、目の前の光景が、まるで芝居の書割か何かのようで、とても現実のものとは信じられなかった。

急に、岡江院長が、私を見た。

「迎さん。——どうしたの？」

「あの——」

私は言葉に詰った。こんなときは一体何と言えばいいのだろう？

「出て来られないので、心配になって、様子を……」

「そう」

院長は、割合平然とした様子で、「驚いちゃったのよ。──そんなに時間がたったの？」

「院長がここへ入られてからですか？　ええ、もう──」

私は腕時計を見た。「四十分近くたっています。三十五分くらい」

「そんなに！」

院長は目を丸くした。「そんなに長いことこうやってたの？　何てことでしょう！」

「院長先生、大丈夫ですか？　一体何があったんですか？」

私はやっと通常の状態に戻りつつあった。

「何が？──分らないわ。最初からこうなってたのよ」

「最初から？」

「そう。ドアを叩いても返事がなくて。ドアを開けてみたら、鍵もかかってないじゃない。で、入って来たの。そしたら、この通りで……」

「あの人は──」

「死んでるわ。私……最初、何かこぼしたのかと思ったの。でも、様子がおかしいじゃない。それで手首の脈を取ってみたら……」

「どうしてまた……。血を吐いたんでしょうか？」

「分らないわ。そうかもしれないわね」

院長はよろけながら立ち上った。私はあわててそれを支えた。

「大丈夫よ。大丈夫」

「でも——どうしましょう？」

「さあ……。ごめんなさい、だらしのない話ね。こんなにぼんやりして座ってたなんて」

「当然ですわ、こんなことになってるなんて……。あの、警察へ知らせますか？」

「そうね。本当はそうしなきゃいけないのよね」

院長の言い方は、まだ何となく上っ滑りで、まだ放心状態から完全に戻っていないようだった。

「一応どこかへ連絡しないと」

「そうね。分ってるけど——でも、もう死んでるのよ。救急車が来ても仕方ないわ」

「このままにしておくんですか？」

と私は訊(き)いた。

院長らしくない、と私は思った。こんなに取り乱したり、市民の義務を怠るというのは、どうにも院長らしくないことである。

「このまま行きましょう」

と院長は私の腕をつかんだ。

「いいんですか？」

「その内、アパートの人が見付けるわよ。私は警察沙汰に巻き込まれたくないの。学校があんなに微妙な立場になっているのに、今、何かスキャンダルが起きたら、あの連中の思う壺だわ。それに父兄の方々の反応も心配だし」

どこかおかしかった。不自然で、無理がある。これが、普通の学校の校長の言葉なら、私にも分る。

しかし、岡江院長にしては、あまりに俗物的な言い方である。似合わない。いや、もちろん、岡江院長と会って、まだ数日に過ぎないのだから、私に院長の人柄が分っているわけではない。

しかし、院長の言い方には、どこか、言い訳めいた調子があって、その言葉も、予め用意しておいたもののようだったのだ。――おそらく、院長は嘘のつけない人である。だから、心にないことを言おうとすると、ついぎこちなさが現れてしまう……。

「分りました」

と私は肯いた。「じゃ、急いで出ましょう。誰か来るといけません」

「そう――そうね。じゃ、急いで……」

「待って下さい。廊下に人がいるか、見てみます」

私はドアを開けて、廊下を覗いた。幸い、人の姿はない。

「院長、大丈夫ですから、早く」

と、私は低い声で促した。

岡江院長は、靴をはくと、廊下へ出た。私は後ろ手にドアを閉めた。院長は足早にアパートを出て行く。私もその後を追った。

アパートを出る所で、ドアが鳴る音を背後に聞いたような気がして、振り返った。だが、どのドアも開いていない。気のせいか、と思った。

「――とんでもないことに巻き込んでごめんなさい」

と、院長は、少し歩いてから言った。

「そんなこと、いいんです。でも、あの男の人は、誰なんですか?」

院長は、私の質問が聞こえなかったのか、腕を組んで、歩きながら、考え込んでいた。

そして、

「そうだわ、何かあったと思った!」

と、突然声を上げた。

「何ですか?」

「高田さんよ! 彼女、待ちくたびれてるわ、きっと」

そう言えば、危うく忘れて帰るところだった。私たちは、あのスーパーへと足を早めた。

高田百合は、すっかりおかんむりであった。

「人を一時間も待たせて！」

と、すっかりむくれている。

「まだ四十五分よ。それに、こっちだって大変だったんだから」

と院長が言っても聞き入れない。

「大体、人を五分以上待たせる者は友人を失っても仕方ないって言ってたのはあなたじゃないの？　だから私はいつも忠実に――」

「はいはい、ごめんなさい」

と院長は苦笑しながら、「ともかく帰りましょ。買物は済んだの？」

高田百合は、ちょっと難しい顔をして、

「――あなたが待たせるから、カッカしてる内に、何を買いに出て来たのか、忘れちゃったじゃないの」

と言った。

私はつい笑ってしまった。人が死んだというのに、何という不謹慎な、とお叱りを受けるかもしれないが、あの狭山という男の死が、私自身に関って来ようとは、そのときには思ってもいなかったのだし、それに、高田百合の言葉が、重苦しい緊張を一気に解きほぐしてくれた、その反動が笑いとなって出たのだった。

「頭へ来たわ、本当に」

と、歩きながら、高田百合はブツブツ言っていたが、ふと足を止めると、「苛々するから甘いものを食べて帰る」

と言い出した。

私と院長も仕方なく、若い女の子で溢れんばかりの甘味喫茶に入り、高田百合にならって、おしるこを頼んだ。

これが意外においしかった。体重を気にして、甘い物から遠去かっていたせいもあるだろう。——また今度、一人で来よう、と、私はひそかに思っていた。

「あら、中沢さん」

と、高田百合が言った。

振り向くと、一つ向うのテーブルに、中沢爽香が、同じ学年の女の子たち二人と一緒に座っていた。

「あ、先生——」

「いいのよ、日曜日ですからね」

と、院長が言った。もう普段の院長に戻っている。

中沢爽香は、私と目が合うと、あわてて顔を伏せた。——彼女が岡江克二と。信じられないような気持だったが、少なくとも、古谷公子はそう信じている。

あそこまでやるのだから、根拠のない話でもないのだろう。もちろん高校二年の女の子といえば、恋人がいて、性経験があっておかしくはない。しかし、中沢爽香の相手としては、岡江克二ではどうもピンと来ないのである。

江克二に恋しているというのも分らなかった。

もちろん、人は好き好きであるが。——そして、古谷公子ほどの美人が、そこまで岡江克二に恋しているというのも分らなかった。

だが、人のことは言えない。私とて、恋の成功者ではないのだから……。

「——行きましょうか」

食べ終えて、院長が言った。

レジの所へ行くと、中沢爽香たちが精算しているところだった。

「ああ、いいのよ、私に任せて」

と、高田百合が言って、財布を出した。

「でも、先生——」

「たまにはこれぐらいいね。いいから」

「すみません。ごちそうになります」

三人の生徒が頭を下げる。高田百合がお金を払って、店を出る。最後に出ようとして、私は、足下に落ちているレシートに気が付いた。

私はこういうものが目につくと、放っておけない性分だ。踏まれてもいないから、今、支払ったとき、落ちたのだろう。ほとんど反射的に、私はそれを拾い上げていた。

「院長先生」

坂道を上りながら、私は低い声で言った。

「やっぱり黙っているのは良くないと思います」

中沢爽香たちは、ずっと先の方へ行っていて、キャッキャッとはしゃぐ声だけが聞こえていた。高田百合は逆に私たちより遅れて、

「待ってよ！——本当に不人情ね、あなたたちは」

と、息を切らしている。

「そうね。何かいい方法はないかしら」

「ともかく知らせるだけ知らせましょう」

と私は言った。「こっちは名前も何も言わなければいいんです。ただ、あのアパートのあの部屋で男が死んでる、と……」

「それだけで切っちゃえばいいのね。それがいいかもしれないわね。放っておくのも仏様に気の毒だし」

「じゃ、学校へ戻ったら、かけておきますわ」

「お願いね。私じゃのんびりしてるから、『どちら様ですか？』って訊かれたら、名乗っちゃいそうだわ」

と、院長は微笑んだ。

男が一人死んだ。——でも、それは私とは、まだまだ別の世界の出来事でしかなかったのだ。

学校の近くまで上って来たとき、

「——院長先生！」

と、走って来たのは物理の教師、大井先生だった。

五十がらみの男性で、やせこけて髪が山嵐のようで、ちょっと怪奇映画の「マッドサイエンティスト」を思わせるタイプの教師である。女子校の教師としては、甚だクラシックなタイプといえるかもしれない。

「どうしたんですか？」

と、院長が言った。

「ちょっとその——厄介なことになりまして——」

と、マッドサイエンティストは息を切らしながら、

「どこかの——奥さんが怒鳴り込んで来たんです」

「学校に？　何でしょう？」

「それが、何でも飼犬がうちの池に落ちて溺れ死んでたというんです。で、あの池が危険なのを承知で放っておいた学校側の責任を追及すると——」

「まあまあ。そんなことで。ゆっくりお話しすれば分って下さるでしょ」

院長はおっとりと構えていたが、私は、これは面倒なことになりそうだ、と思った。はた目にはただの犬でも、可愛がっている当人には子供同然ということだってある。そうやって怒鳴り込んで来るというのは、まず用心してかかった方がいい。

「今、待っておられるんですの？」

と、私は大井先生に訊いた。

「今は克二さんが相手をしてます」

「克二が？　まあ、じゃ、困ってるわねきっと。すぐに行きましょう」

院長は少し足を早めた。

だが、着いてみると、事態は容易でないことが分った。

応接室のドア越しに、女の金切り声がビンビン響いて来る。学校に残っている生徒たちが、みんなドアの前に集ってワイワイガヤガヤやっていた。

「もう一時間以上、入ったきりなんですよ」

と大井先生がため息をつく。「ずっとあの調子でがなりっ放しでしてね。克二さん、いい加減耳がおかしくなったんじゃないかなあ」

「私が交替しましょう」

と院長がドアをノックした。

「——母さん！」

顔を出した岡江克二が、息をついて、「助かった！」

と、呟（つぶや）いた。

6 招かれざる客

「ここにあの子が浮かんでたんですよ！」

と、髪を振り乱したその女が手を振り回して叫んだ。

「本当にお気の毒だと存じますわ」

「調子いいこと言わないで！　あの子を返してちょうだい！」

女の絶叫が、池の周囲の静寂を引っかき回した。――四十前後の、一風変った様子の女である。一人暮しで、愛犬だけを友として生きていた、というところか。

「そうおっしゃられても……」

院長もさすがに困惑の態（てい）である。

「おたくの息子だか何だか知らないけど、『たかが犬じゃないか』ですって！　たかが犬とは何ですか！　あの子はその辺の人間よりずっと頭が良くて、おとなしくて――」

岡江克二が少し離れた所で立って、頭をかいている。実際、こういう相手に常識論を持ち出しても通用しないのだ。ますます逆上させるだけである。

学校に残っている生徒たち、教師たちはみんな出て来て、林の方から眺めている。

「ともかく、どこかに浮いていたのなら、まず引き上げては？」

と、大井先生がおそるおそる口を出す。

「沈んでしまったのよ！　見ている内に……あの子は手の届かない所に……」

と女が泣き出した。

こうなると手のつけようがない。岡江克二が、池の周囲を歩いていたが、

「やあ、あそこに――」

と声を上げた。「あの白いのがそうじゃないかな」

走って行ってみると、確かに、五、六メートルのところに、犬の死骸（しがい）らしき物が浮かんでいる。

「何とかこっちへ引き寄せられない？」

「やってみましょう。何か棒を持って来れば。――誰か、棒はありませんか、長い棒が」

「体育祭のときに使うのがあるかもしれませんね」

と、教師の一人が言った。「取って来ましょう」

――幸い、それほど手間はかからなかった。引き上げられたのは、スピッツか何か、よく分らなかったが、小型の愛玩（あいがん）犬の一種だった。古い毛布を持って来てその上にのせ、

「お気の毒でした」

と、大井先生が言った。「しかし、どうしてこんな所へ――」

「おたくの責任ですよ！」

女は今にも大井先生にかみつきそうな顔で叫んだ。大井先生、あわてて後ずさりする。

「池の周囲に囲いもしないで……。学校を訴えてやるから！　覚悟してらっしゃいね！」

と女はわめき散らした。

まずいことになった、と私は院長の方をチラッと見ながら思った。今、訴訟騒ぎなど起こされるのは、この学校にとって、甚だうまくないことになるだろう。

「私どもで、できるだけのことはさせていただきます」

と院長が言った。

「フン、あの子を殺しておいて、巧いこと言ったってだめよ。私は弁護士の知り合いがいるんだからね。訴えてやる！　何と言おうと、裁判にして、この学校を潰してやるからね！」

女は、とても冷静な説得を受け容れるという様子ではなかった。

院長も、どうしていいものやら、困り果てている様子で、こういう事態に対処できる、いわゆる現実的な面でのベテランが、一人もいないことがこの学校の弱点でもあるように思えた。

普通の学校なら、一人や二人、まるでどこかの営業マンかと思うような、渉外向きの人間がいるものだ。――おそらく、今までこの学校にはそんな人間を必要とする事態が起きなかったのだろう。

重苦しい沈黙が広がった。

そのとき、

「失礼します」

と、男の声が、近づいて来た。

みんなが一斉に声の方を振り向いた。私ももちろん……。

「その犬の死について、この学校には責任はありません」

と、その男は言った。

「何ですって？」

と、女がキッとその男をにらんで、「どうしてそんなことが――」

「その犬は死んでから池に投げ込まれたからですよ」

男の言葉は穏やかだったが、女は動揺を見せた。

「何ですって？」

「私はゆうべあの坂を下りるとき、上って来る自転車とすれ違いました。男が、こいで上らず、押して上って来るところで、何だか布にくるんだ物が荷台にくくりつけてありました。自転車にもう一人男がくっついて歩いていましたが、私がすれ違うとき、その包みの方を見て、驚いたので、あわてて包みを隠そうとしていましたよ。包みから、犬の頭が覗いていたからです」

その自転車は――おそらく、私が古谷公子と上って来るとき、凄い勢いで坂を下って行った、あれのことだったろう。

「少し行って振り向くと、何だか、男たちが、自転車を停めて、『おい、頭が出てるぞ、もっと巧く包め』とブツブツ言ってるのが聞こえました。あの犬は間違いなく死んでいたし、そこにあるのは、その犬です。確かですよ。つまり、この学校へ言いがかりをつけるために、わざと犬の死骸を放り込んでおいたのじゃありませんか？」

しばらく、誰も口を利かなかった。女は青ざめて、じっとその男をにらみつけていたが、いきなり、

「覚えてなさいよ！」

と吐き捨てるように言って、走り去って行った。

「――どなたか存じませんけど、ありがとうございました」

と、院長がホッとした様子で言った。

「きっと例の不動産屋の連中だよ！」

と、岡江克二が言った。「全く、きたない手を使いやがって！」

生徒たちが急におしゃべりを始めて、あたりは一度に騒がしくなった。突然歩行者天国がやって来たような感じだ。

「さあ、皆さん、校舎へ戻って！」

と、高田百合が言った。

「克二、あなた、悪いけど、この犬を何とかしてちょうだい」

と院長が言った。

「あの不動産屋に置いて来てやろうか」

「やめなさいよ。死んだ犬は可哀そうだわ」

「私が何とかしますから」

と大井先生が言った。

「お願いします」

院長は、その男の方へ向いて、「本当にお礼の申し上げようもございませんわ」

「いえ、見た通りのことを言っただけですから」

「どうぞ、中へお入り下さい」

「ありがとうございます。実は、お目にかかりたい方がありまして……」

「誰でしょうか？」

「迎先生に、ぜひ」

院長が私を見た。私はあわてて顔を伏せた。

「どういうつもりなの？」

と私は応接室の窓から外を眺めながら言った。

さっき、あの女が岡江克二を相手にわめいていた部屋である。

「君に会いに来たんじゃないか」

と、彼は言った。「他に用があるはずがないだろう」

「そんなこと分ってるわよ。ただ――」

私は言葉を切った。

ドアが開いて、中沢爽香がお茶を運んで来た。

「どうぞ」

「こりゃどうも」

と、小牧忠男は愛想よく会釈した。

小牧忠男。――私の夫になるはずだった男である。

「失礼しました」

と中沢爽香が、ちょっと私を見て、一礼して出て行った。

「――可愛い子だね」

と、小牧は言って、お茶を一口飲んだ。「いいお茶を使ってる。来客用にこんないいお茶じゃ、経費がかかって仕方あるまいね」

「相変らずね」

私はソファに向い合って腰をおろした。「海外へ出てんじゃなかったの?」

「一年のびたんだ」

「そう。それで暇つぶしに私を捜す気になったってわけね?」

私はつい突っかかるような口調になるのを抑えられなかった。

「君が怒るのは当然だ。でもね、僕は君のことが忘れられない」

——小牧忠男。二十八歳。一流大学出のエリートビジネスマン。二枚目、身だしなみも、マナーもいい。どこといって、非の打ちどころのない人……。

でも、一旦(いったん)さめてしまった私の目には、洗いたての、真っ白なハンカチのように、味気なく映る。

「分ってよ。もう終ったんじゃないの」

と私は投げ出すように言った。

「もう希望はないの？」

彼の言い方に、私は苦笑した。

「大げさね。あなたはエリートで、海外へ行って、大いに活躍するんじゃないの。希望がない、だなんて。——希望がないのは私の方よ。一生、黒板や白墨と連れ添って終るんだから」

「君はその仕事が好きなんだろ」

「好きよ。だから別に寂しくはないわ。子供の代りに生徒たちが大勢いるし、亭主の代りに院長先生がいるし、父兄もいるわ」

「院長ってさっきの女性？」

「そうよ」

「なかなかの人らしいね」

「立派な人よ」

「君もあんな風になるのかな」

私は笑って、

「心配してくれなくたっていいわ。なるようになるから」

と言った。「別に——もうあなたのことを恨んじゃいないわ。気にしないで」

「恨まれてる方が気楽だな」

「あの女性は？　どうなってるの？」

「聞いてないのか。手紙を出したんだけど……」

「見てないわ」

「そう。——いや、彼女とは、もうとっくに終ったんだ。君に説明した通りだよ」

「妊娠させておいて、その言い方はないでしょう」

「あれは言いがかりだ。僕の子じゃない。一年以上前に、はっきり手を切った。それ以来彼女とは一度も会ってないんだ」

小牧は、強い口調で言った。

「じゃ、どうしてあなたの子だと言ったの？」

「たぶん——行きずりの男か何かの子供で、彼女も困ったんだろうな。そこへ僕が結婚するという話を聞いてカッとなった。——たぶん、金をせしめるつもりだったんだろう」

「ひどい言い方ね。昔の恋人でしょ」

「どうも女は、同性の肩を持つから困るな。もちろん卑劣な男はいくらもいる。しかし、悪い女だっていくらもいるんだよ。——僕だってあの女と一緒にいたのは、せいぜい一週間ぐらいのもんだ。若気の至りで、間違いだった。人を見る目も、女を見る目もなかったよ。でも、目が覚めたんだ。後悔してるし、君にも済まないと思ってる」

「だから忘れろってことね。何もなかったことにして」

「その通り」

「虫がいいわ！」

私は立ち上って、窓の方へ行った。そしてびっくりした。窓の下に、生徒たちが五、六人、隠れているのだ。私は窓を開けた。

「何してるの！」

女の子たちは、キャーキャー声を上げながら、アッという間に散って行った。

「——全く、しょうがないんだから」

私は苦笑した。下手なことはしゃべれない。あの年齢は、正に、好奇心の塊なのである。

「——昨夜はどうしてこの学校へ来たの？」

と、私は振り向いて訊いた。

「君の友達から、この学校のことを聞いて、捜してたのさ。一応、場所を確かめて。でも、夜訪ねて来るのも迷惑かと思って、出直すことにしたんだ」

「あの犬の件はお礼を言うわ」

　私はソファに戻った。

「不動産屋がどうとか言ってたね。何のこと？」

　私は、この土地を不動産屋が狙って、あれこれ画策していることを、手短かに話した。私たちのことから話がそれるのはありがたかった。

「なるほど。あの院長さんも、なかなか大変なんだね」

「そうなのよ。学校経営も楽じゃないわ」

「すると、ここが潰れると君も失業か。それは僕には都合がいいな」

「やめてよ。縁起でもないこと言わないで！」

　私は彼をにらみつけた。「もう帰ってちょうだいよ。私、まだやることがあるんだから」

　と立ち上る。

「――もう一度考え直してくれないか」

「もうだめよ」

「そうか」

　小牧は、ため息をつくと、膝を一つ叩いて立ち上った。「じゃ、今日は失礼するよ」

「今日は、って、——また来るつもりなの？」

「気が変るんじゃないかと思ってね」

「変らないわ」

「人間は変るもんだよ」

小牧はドアの方へ歩きかけて、「この学校のことで、何か力になれることがあったら言ってくれ」

「あなたにどうして？　関係ないじゃないの。それに、うまく行けば、私はずっとここにいることになるかもしれないのよ」

「それも仕方ないね」

「あなたは海外。どうするの？」

「僕の方が会社を辞めてもいい」

思いがけない言葉だった。私は一瞬彼を見つめた。真剣な目をしている。

「冗談でしょう」

「本気だよ」

と彼は言って、微笑んだ。「ともかく君の気が変るのを待つことにするよ」

「私の気持は変らないわ」

私は何となく、彼から目をそらして、「門まで送るから」

と、ドアのノブに手をかけた。

小牧がその手を押えた。一瞬の出来事で、私は小牧の腕の中にいた。唇に彼の唇が押しつけられて来る。私は身をよじって、彼の腕を振りほどいた。

「何をするのよ！」

「君に分ってほしくて。つまり――」

窓の外で、ワーッと声が上った。振り向くと、窓の下から顔を出した生徒たちが、拍手している。

「見られたじゃないの！　もう――あなたって人は――勝手に帰って！」

私は応接室を飛び出した。燃えるような頰を両手で挟みながら、自分の部屋へと駆け上って行った。

「ニュースでも見ましょ」

と、教師の一人が、TVの方へ歩いて行ったとき、やっと私は警察へ電話するのを忘れていたことに気が付いた。

夕食は食堂で、外から出前を頼んだ丼物（どんぶりもの）で済ませることにしたので、教師たちが揃ってテーブルについていた。

古谷公子も、夕方帰って来た。六本木（ろっぽんぎ）へ行って服を買い込んで来たとのことで、すっかり上機嫌だった。

「どう、これ？　三千九百円よ。安いでしょ！」

と、部屋で、しばしファッションショーをくり広げた。

女性にとっては、買物が一種のストレス解消法になるのである。

食卓につくと、隣で古谷公子が私を突っついた。

「聞いたわよ」

「え？　何を？」

「隠すな。もう赤くなってるわよ」

「放っといて」

と、私はカツ丼の、筋だらけのカツにかみついた。

あの狭山という男の死体はもう見付かっただろうか？　私はふと、TVの方を見ながら、もし何の報道もなかったら、今からでも警察へ通報しようかと思った。もちろん、発作か何かで死んだのなら、ニュースなどに出ないことも考えられる。

「ねえ、例の婚約者だった人なの？」

と、古谷公子は食い下って来る。「よりを戻すことにしたの？」

「やめてよ。もうごめんだわ」

「だって生徒たちが目撃したって。お二人の仲睦まじい様子を」

「あれは誤解よ。ほんの弾みで――」

私としても、この説明は、説得力がない、と思わざるを得なかった。

「あら、この近くよ」

と、高田百合が言った。

「本当だ。――駅前のアパートですって。どの辺かしら?」

「ああ、何だかゴチャゴチャ、小さいアパートの並んでる所がありますよ」

と大井先生が言った。

「――男の人が刺し殺されているのを、隣の部屋の人が見付け、F署に届け出ました」

刺し殺されて……。私は息を呑んだ。

あの男は殺されていたのだ!

それを予期していなかったわけではない。しかし、現実にその事実を突きつけられると、やはり心穏やかでないものがあった。――私と院長は殺人現場にいたのだ!

「被害者の男性は、狭山一夫と名乗って、部屋を借りていたということですが、部屋には、身許を明らかにするようなものが一つもなく、〈狭山〉というのも偽名ではないかと警察では見ています」

偽名。――では、一体何者だったのだろう? しかし、院長は、狭山という名ですぐに思い当ったようだったが。

「逃亡中の容疑者、もしくは暴力団関係者との見方も出ていて、被害者の身許割り出しを急いでいます」

ニュースは変った。

「可哀そうね」

と、古谷公子が熱いうどんをすすりながら言った。「死ぬときぐらいは、せめて本名で死にたいもんじゃない？」

「殺されたんじゃ、そうも言ってられないでしょ」

と私は言って、院長の方を見た。

岡江院長は、私以上のショックを受けたらしい。青ざめて、目は虚空を見つめている。

——無理もない。死体のそばに三十分も座っていたのだから。

「院長、どうなさったんですか？」

と、大井先生が言った。「ご気分でも？」

「——ちょっと、失礼するわ」

院長は立ち上って、急ぎ足で食堂を出て行った。

「大丈夫かしら」

高田百合が、のんびりと言った。「疲れてるのね、きっと」

「今日、あんな騒ぎがあったし」

「本当に汚ない手を使うわね」

「訴えてやればいいのよ、逆に」

話がそれて行って、私は多少ホッとした。——それにしても、あのときの院長の反応には、やや納得できないものがあったが、今の驚きようも、少し大げさなように思った。

実際のところ、あの死体と血を見たとき、私もこれは殺人かもしれないと思った。そうであってほしくはなかったが、その可能性があることは否定できなかった。院長とて、それぐらいのことは当然考えていたのではないだろうか？

そうでなければ――つまり、あの男が発作でも起こして死んだのだと信じて疑わなかったのならば、警察へ知らせるのを、あれほどいやがらなかったのではないだろうか……。

どこかがおかしい、と私は思った。どこかが、ちぐはぐなのだ。

私自身が殺されかけ、そして、今、一人の男が殺された。あの男は、この学校と、どう関っているのだろう？　この殺人は、鐘園学院と、何の関係もないものなのか？――

そう願ってはいたが、私自身、それを信じてはいなかった。

夕食の後、私はなかなか部屋へ戻る気になれなかった。

古谷公子が、あれこれと小牧のことを訊いて来るに違いなかったからだ。もちろん、逆の立場なら、私だって訊いただろう。もっとも、私は彼女ほど、他人の色恋沙汰に興味はない。

ともかく、少し時間を潰して行こう、と思った。食堂のわきには、サロン――とはいっているが、要するに椅子を並べた休憩室があって、部屋へすぐに戻らない者は、ここでたいてい休んで行く。

私は、高田百合の方に歩いて行くと、

「すみません、図書室をちょっと使わせていただいてよろしいですか」

と訊いた。

「ええ、どうぞ、構わないわよ。鍵のある所、分るわね？」

「ええ。それじゃ、ちゃんと鍵はかけておきますので」

「はいはい」

高田百合は、こうした点は至っておっとりしている。私は事務室のドアを開け、中へ入ると、各室の鍵のしまってある戸棚から、〈図書室〉という札のついた鍵を取り出した。

廊下を歩いて行くと、突き当りが図書室である。浴場のあるのとは、ちょうど反対側に当る。

中へ入って明りを点ける。――この学校の規模から言って、大きくはない。教室一つ分くらいの大きさしかないが、中央に、ソファを置いて、ゆったりできるように造られている。

この辺が、院長の趣味なのかもしれない。

古い本が多い。新しい図書を買い込む余裕がないせいだろう、と私は思った。

特に何を読もうという気もなかったので、書棚をのんびり見ていた。――ドアが開いて、中沢爽香が立っていた。

「ここへ入るのが見えたもんですから」

と彼女は言った。「お邪魔ですか」

「いいえ。入って」

中沢爽香は後ろ手にドアを閉めると、二、三歩進んで来て、立ち止った。

「座りましょうよ」

と私は促した。

ソファに腰をおろして、しばらくどちらも口をきかなかった。私が、

「今日は――」

駅前に、何しに行ったの、と言いかけると、同時に彼女の方が、

「ゆうべは――」

と言い出して、お互い笑い出してしまった。

これで少し固さがほぐれたようだ。

「ゆうべはありがとうございました」

と、中沢爽香は言った。「迎先生には二度も助けていただいて……」

「そんなことはいいのよ。でも――古谷先生のことは――」

「分ってます、どう思われているのかは」

「事実なの？　つまり、院長先生の息子さんと――」

「違います！」

と彼女は強い口調で打ち消した。「克二さんは、可愛い女の子にはすぐ声をかけるし、女の子と話したりするのが好きなんです。でも、ああいう調子のいい人って、女の子は、

面白がるけど、その割には好きになったりしないもんですわ」

なるほど、彼女の言葉は、いかにも当世風にさめている。

「そんなものかしらね」

「今の子は使い分けるんです。からかって面白い相手、話して面白い相手、寝て面白い相手って」

「凄いのねえ。先生は遅れてるわ」

と私はつい笑ってしまった。

「そんなことないと思いますけど」

と中沢爽香もニコリと笑って、「学校で恋人とキスする先生って少ないです」

「え？　ああ、昼間のこと？　あれは――」

と言いかけて、私は肩をすくめた。「不意打ちを食らって、よけられなかったのよ」

「でも、見てた子の話じゃ、抱き合って、じっくりキスしてたって」

「脚色よ。本当はひっぱたいてやりたかったわ」

中沢爽香は、何か話したげで、その決心がつかなくて、他の話をしているように見えた。私は、今なら色々と訊いてみてもいいかな、という気がした。

「ねえ、中沢さん」

「先生」

と、彼女は遮って、「お話ししておきたいことがあるんです」

と言った。

「何かしら？」

「先生は……まだここへ来たばかりで、院長先生とも特別親しいわけじゃないし、この学校に義理立てする必要もないでしょう」

「どういう意味？」

中沢爽香は、少し声を低くした。

「この話、誰にも言わないと約束して下さい」

生徒がこう言うとき、教師としては拒めるものではない。

「いいわ、約束する」

「先生は信じられる人だと思ってます」

「ありがとう」

「ただ……ある事態になったら、その話をして下さい。隠しておかないで下さい」

「ある事態って？」

中沢爽香は少し間を置いて、言った。

「私が死んだら、です」

7　声をかけて来た男

「失礼します」

男の声に、私は顔を上げた。

大体、この場所に男がいるということ自体、妙なものであった。私は、日曜日に院長や高田百合と一緒に入った甘味喫茶に入っていたのだ。当然、店は女の子で一杯だった。今日、水曜日は午後の授業がないので――一学年一クラスしかないのだから、大体は空く時間が多いのである――駅前へ出て来た。爽やかな、暖かい日であった。

授業に使う本を選びに来て、ここへ寄った。本心では、むしろここへ寄る方が目的だったともいえる。

TVや新聞でも、アパートで死んだあの男のことは、もう忘れられたようで、一行の報道もなかった。岡江院長も、次の日からは以前と変りない様子で仕事をしていたし、あの犬のことで怒鳴り込んで来た女も、姿を現していなかった。

もちろん、まだ三日しかたっていないのだから、これから何が起こるか分らないが、ともかく毎日の授業と、スケジュールに追われる内に、不安は薄らいでいた。

「何ですか？」

と、私は訊いた。

ちょっとくたびれた安物の紺の背広。一昔前の教師、といった感じの、中年男が立っていた。

「ええ……実は、ちょっとうかがいたいことがありまして」

男が背広の内ポケットから、ちょっと黒い手帳を覗かせた。

「警察の方ですか」

一瞬の動揺を押し隠すように、私は口に出して訊いた。

「はい。ちょっとお時間を。——座っていいですか？」

「どうぞ」

刑事には見えない、穏やかな感じの男だった。もっとも、私の抱いている刑事のイメージは、専らTVや映画で仕入れたものだが。

「実はですね——」

と言いかけたとき、客と思ったウェイトレスが水を持って来た。

「ああ……。何か取らなきゃいかんな。あなたのは何です？」

「おしるこですけど……」

「じゃ、僕もだ」

と刑事は言って、ちょっと照れたように笑った。「疲れる商売なので、時には甘いものが欲しくなるんですよ」

なぜ刑事が私の所へ来たのだろう？　私は、何を言われても平静を装うべく、一つ息をついた。

「で、ご用というのは？」

「実は、日曜日に、駅の近くのアパートで男が殺されました。ご存知ですか？」

私は少し間を置いて肯（うなず）いた。

「TVのニュースで見ました」

「そうですか。いや、あの件を調べていまして……。あ、私は成田といいます。――どうも、捜査ははかばかしくありませんでね。実は、アパートの住人の一人が、若い女性が急いでアパートを出て行くところを目撃しているんです」

あのとき、ドアが鳴った。あの音がやはり……。

「もっともその女性が、被害者の部屋から出て行ったとは限らないのですが、他に手がかりらしいものもありません。で、その女性を捜していたんですが」

その成田という刑事は、ちょっと言葉を切って、「その目撃した奥さんが、ついさっき電話をくれましてね、それらしい女性をこの店で見た、というんです。それでこうしてやって来たんですが――」

来なければ良かったと思ったが、後の祭だ。

「それが私のことだとおっしゃるんですね？」

「はっきりそう言い切れないが、どうも似ている、というわけでしてね。まあ、人の記憶というのは、あまりあてにならないものですが……。あのアパートへおいでになったことは？」

「いいえ」

と私は首を振った。「どこにあるのかも知りませんわ」

「そうですか。この辺にお住いで？」

「教師です。鐘園学院という学校におります」

私は、バッグから身分証明書を出して、刑事へ見せた。

「ああ、あの坂の上の。そうでしたか。――もう長くあそこに？」

「いいえ、まだ着任したばかりです」

「迎……。珍しいお名前ですね」

成田刑事は証明書を返してよこした。「いや、先生と分っていれば、こんなお手数はかけなかったんですがね。ともかく、わらをもつかみたい心境でして」

「大変ですね」

内心ホッとしながら、私は言った。

「ともかく被害者の身許（みもと）が分らんので、動機のある人間が割り出せないのです。全く困ったものですよ」

と成田刑事はグチを言って、「そうだ。――一応、ご覧いただけますか」

と、ポケットから、封筒を出し、一枚の写真を取り出した。

「何でしょう？」

「あんまり気持のいいものではありませんが、被害者の写真です」

「まあ」

私はその写真を受け取って、眺めた。院長の知人だというのだから、多少の興味もあったのである。――死人といっても、幸い、顔だけの写真で、もちろん目はつぶってしまっているが、表情はごく普通だった。

もちろん、私はこの男を、あのラーメン屋で見ているが、顔をじっくり見たわけではないので、初めて見る顔のような気がした。やはり、いかにも荒んだ生活をしていた様子が、顔に出ている。

だが――ふと、この顔を、どこかで見たことがあるような気がした。ラーメン屋で見かけた、というのとは別に、見知っている誰かに似ているという気がしたのである。なぜだろう？　一体誰に似ているのだろう？

「いかがですか」

と、成田刑事は訊いた。

「心当りはありませんわ」

と私は写真を返して言った。

「そうですか。――指紋などからも、何も出ませんでね。どうも前科はないし、暴力団関係も当っていますが、見込み薄でして。いや、どうもお時間を取らせてしまって」

「いいえ」

成田刑事が、写真を封筒へ戻していると、おしるこが来た。

「やあ、旨(うま)そうだ。どうぞ、行かれて結構ですよ。ここは払っておきます」

「そんなわけにはいきませんわ」

伝票が一枚になってしまっているので、私は自分の分のお金を置いて席を立った。

店を出ると、若い男とぶつかりそうになった。がっしりした、ちょっといかつい感じの男で、私の方をチラッと見ると、ふっと向うを向いてしまう。――刑事だろうか？　万一、私が逃げようとする場合に備えて、表で待っていたのか。私は、早く学校へ戻ろうとバス停へ急いだ。

幸い、バスは発車寸前で、駆け込むとすぐに動き出した。――やっと気が緩んで、体中で息をついた。あんな所で見られるなんて、本当についてない。

しかし、あまりしつこく訊かれなかったことで、私はホッとしていた。もし警察の取調室にでも連れて行かれていたら、私は至ってあがりやすい性質(たち)である。混乱して何もかもしゃべってしまったかもしれない。

おそらく、その目撃者も、私がその女だったと断言するほどの自信はないのだろう。

実際、私が絶対に知らないと言い張れば、それを否定はできないはずだ。

私はちょっと苦笑した。院長の方こそ、怪しまれても仕方ないのに、たまたま私の方が後から出て、振り向いたばかりに顔を見られてしまったのだ。今日は違う服を着て来たのも良かった。

女性の目撃者なら、服を憶えているだろう。同じ服だったら、ちょっと危ないところだったかもしれない。

それにしても、あの男、一体何者だったのか。院長とも、あの後ゆっくり話をする機会がない。

あ、次だわ。――降車ボタンを押して立ち上がる。握り棒をつかんでいると、はっきり手の跡がつく。そういえば、あの男の指紋のことを何か言ってたっけ……。

――突然、私は頭をハンマーででも殴られるようなショックを受けた。

指紋！　あの部屋のドアのノブに、私の指紋が残っている！

全身から血の気が引くようだった。そうか。あの成田という刑事が、被害者の写真を、私から受け取って、いやにていねいに封筒へ戻すと思ったのだ。――あの写真を私に持たせて、指紋を採ったのだ！

どうしてこんなことに気付かなかったのだろう？　私は自分を呪った。

「――降りないの？」

運転手の腹立たしげな声で、我に返る。目の前の扉が、開いていた。

バスを降りた私は、しばらくその場に突っ立っていた。――どうしよう？

あの指紋を突き合わされたら、私があの部屋へ入ったことは否定できなくなる。しかも、あのアパートへ行ったことなどないと断言してしまっているのだ。

私は重い足取りで、坂を上り始めた。パトカーのサイレンが追いかけて来るような気がした。冷たい手錠が手首に牙を立てる。留置場の冷たいベッド、何日も眠らせてくれない訊問……。

何も分らない内に、私はあの男を殺したと自供してしまうかもしれない。院長が助けてくれれば……。だって、院長はあの男と一緒にいたのだし、私が殺したのでないことも知っているのだ。

でも院長にとっては、学校こそが大切なのだ。私のような新任教師のために、学校の名声を危うくしてまで助けてくれるだろうか？　当校とは一切関りないとして、見捨ててしまうのではないか……。

坂道はいつもの十倍も長く、倍も急なように思えた。私は足を止めて、息をついた。ふと振り向くと、白い車が一台、坂を上って来た。――私に向って来る。直感的にそう思った。

私は坂道を駆け上った。エンジンの唸りが聞こえて、クラクションが鳴った。――いくら懸命に走っても、到底敵うはずがなく、その白い車は一気に私を追い抜くと、ブレーキをきしませて停った。

「おい、逃げることはないじゃないか」

車の窓から顔を出したのは、小牧忠男だった。

「あなただったの！」

私は喘ぎ喘ぎ言った。そして、笑い出してしまった。

「何だい？　どうかしてるぞ、全く」

と、小牧は呆れ顔で言った。「乗らないか。話があるんだ」

「ええ、いいわ。その代り——」

「何だい？」

「私の話を先に聞いてちょうだい」

私は、車の前を回ると、ドアを開けて、助手席に乗り込んだ。


「——すると、警察に追われることになりそうなのかい？」

と、小牧が面食らった様子で言った。

「しっ！　声が大きいわよ」

と私はたしなめた。

国道沿いの、チェーン・レストランの一つに入っていた。時間が中途半端なので、客は他にほとんどなかった。

「私を放ったらかして逃げ出してもいいのよ」

と私は言った。

「やめてくれ。そんな男だと思ってるのかい？」

と小牧は顔をしかめた。

「だって、殺人容疑者と結婚する気にはなれないでしょ」

「今の警察はそれほど馬鹿じゃないよ。君がどうして縁もゆかりもない男を殺さなきゃならないんだ？」

「でも、嘘をついたのは事実だわ」

「それはまずかったね。しかし、学校のことを第一に考えたんだと言えば分ってくれるさ。問題はその院長先生のことを、警察に話すべきかどうかってことだ」

「どうせいずれは分るわね。きっと先生の指紋も残ってるし……」

「院長先生が殺したんじゃないのかい？」

私は目を丸くした。

「まさか」

「だって、いくらびっくりしたからって、三十分もぼんやり死体のそばに座ってるような人じゃないよ。話しに行って、何かでこじれて……刺し殺した。自分がやったという証拠を片付け、言い訳を考えるためには三十分かかってもおかしくない。それに、院長先生はその男を知ってると自分から認めてたんだろう？」

「それはそうだけど……」

「常識的に考えて、第一の容疑者は院長先生だよ」

小牧の言葉は、確かに反論のしようがないものだった。しかし、今まで、私はそんなことを考えもしなかった。——つまり、どう空想を逞しくしても、あの院長が、人を殺している場面は想像できなかったのである。

「ちょっと待ってよ」

と私は言った。「でも、もし院長先生があの男を殺したんだとしたら、どうして私が行くまで、部屋で待ってるなんて、馬鹿なことをしたの？　さっさと出て来て、話が終ったからと言って、私を連れて帰ればいいじゃないの」

「うーん、そうか！　それも理屈だな」

と、小牧は考え込んだ。「じゃ、きっとそうやって出て行こうとしたところへ、君が来たんだ。それで仕方なく——」

「それも変よ。私はドアをノックしたわ。院長先生はただ出て来て、『もう済んだから帰りましょう』と言えば、それで良かったはずだもの。だって、ドアを開けても、男が倒れてる所は、そこからは目に入らないのよ」

「なるほど……」

小牧は肯いた。「すると、院長先生がそこにいたのは、何か目的があったからだってことになるな」

「そうね。その点は同感だわ。三十分も呆然自失してしまう人じゃないもの」

「それに、そのときはそれほどショックを受けた様子でもなくて、ニュースで殺人だったと知って青くなったというのも妙だね。あの先生ほどの人なら、当然殺人かもしれないと考えているはずだ」

「そうね。私もそう思うわ」

小牧はゆっくりと首を振った。

「ポイントは、その男と院長先生の関係だね。前もって殺す気なら君を連れて行ったりしないだろうし、その男のことを後で君に話すと言っていたことからも、その点は確実だな。もし院長先生が犯人だとしてもね」

「もう一度ゆっくり院長先生と話してみるわ。こっちが監獄入りになるかもしれないんだもの、遠慮なんかしてられない」

「全くだな」

と小牧は笑った。「――学校へ戻らなくていいのかい？」

私は腕時計を見た。

「夕食までに戻ればいいの。まだ大丈夫だわ。帰ったら警官隊が待ち受けてたりしてね。夕食を食べ損ねるかな」

小牧はちょっと声を上げて笑った。

「何がおかしいの」

「いや、君がすっかり元通りの君に戻ったから嬉しいんだよ」

私は肩をすくめた。

「溺れそうなときにつかまるのに相手を選んじゃいられないわ」

「じゃ、僕はわらの代りかい？　ひどいなあ！」

彼は嬉しそうに笑った。私もつられて笑い出していた。

「あーあ、あんなにあなたのこと怒ってたのに……。だめね、女なんて」

「許してくれるのか」

「ともかくこの事件が片付かないと……。でも、あなた、仕事は？　会社でしょ、今日は？」

「休暇だよ。君がピンチなのに助けに来ずにいられるかって」

「何も知らなかったくせに！」

と私は苦笑した。「でも、珍しいじゃないの。働き蜂のあなたがお休みなんて」

「女王蜂のためにはね。——どうだい、ホテルにでも行く？」

「調子に乗らないで」

と私は小牧をにらみつけた。「この間の一件のおかげで、私、授業の度にからかわれてるんだから」

「いいじゃないか。親しみを持たれてるのさ」

「勝手なこと言って……。それより、当面は警察対策だわ。まず、遠からず重要参考人として、任意出頭ぐらいは求められるわね」

「うん。可能性はある」

「どうしたらいいのかしら」

「差し入れに行くよ」

「冷たいのね！」

「ともかく、その前に院長先生にその事情を話すんだ。そして院長先生の釈明を聞くのが第一じゃないのかな」

「そうね……」

「その上で、警察にありのままを言うことだよ。嘘をついたり、隠したりしても必ずばれる。心証を悪くするだけだからね」

私はゆっくり肯いた。――そう、私はクリスティ創造するところのミス・マープルでもタペンスでもないのだ。私はただの平凡な女教師で、犯罪とは縁のない人間なのだ……。

「じゃ、早く戻った方がいいかもしれないわね。院長先生と話す暇もない内に連行されないように」

「そうだな。じゃ、送るよ。ホテルはこの次だ、残念ながら」

「まだ言ってるの？」

――車が走り出すと、小牧が言った。

「鐘楼から突き落とされそうになったっていうし、君の身に何かあったら、と気が気じゃないよ」

「気を付けてるわ」

「それにしても……。ねえ、どこか外に部屋を借りて通うわけに行かないのかい？」

「結婚している人はそうしてるけど、独身者は宿舎住いよ」

「じゃ、結婚しよう」

「簡単に言わないでよ」

と私は苦笑した。

「――ところでね、あの学校の土地を手に入れたがってる不動産屋だけど」

「どうしたの？」

「僕の後輩がいるんだ」

「本当？」

「うん。ちょっと調べてみて、どうも聞いたことのある会社だと思ったんだよ」

「じゃ、その人も――」

「いや、今度の件には関ってないようだ。でも、きっと何か裏の話は聞けるんじゃないかと思うよ」

「調べてみてくれる？」

「ああ、いいよ。例の殺された狭山って男も、その会社の奴に話をもちかけてたんだろう？　その線から何か分るかもしれない」

「ありがたいわ！　でも――」

と私は小牧の顔を見て、「そんな時間、あるの？　仕事、忙しいんでしょ？」

と訊いた。

「実は一週間、休みを取ったんだ。それだけありゃ何とかなるだろう」

私はちょっと間を置いて、

「あなたって、割といい人なのね」

と言った。

小牧は愉快そうに笑った。

車が坂を上って、半分ほど来たところで、小牧は車をわきへ寄せて停めた。

「どうしたの？」

「僕の努力を多少は認めてもらえたようだから、その報酬をもらおうと思ってね」

彼の腕に抱きよせられて、私たちの唇が触れた。——まだ完全に以前の通りとはいかなかったけれど、ややギクシャクしながらも、私たちの歩調は揃い始めているようだった……。

8　再婚の祝宴

学校の門の前で車を降りて、私は校舎へと歩いて行った。

わきの林の間を透いて、あの池と、鐘楼が目に入る。そろそろ陽が暮れかかって、鐘楼はほとんどシルエットに近くなっていた。

私は足を止めた。鐘楼の上で、何か人影が動いたような気がしたのだ。気のせいかしら？

いや——そうではない。確かに、何かが動いて、キラッと光った物がある。誰かが上にいるのだ。

あんな目に遭って。やめておいた方がいいのに。——そう分っていても、私の足はいつしか、池の方へと向っていった。

池のふちまで来ると、もう鐘楼の上に、人影はなかった。私の姿を見て、隠れたのかもしれない。このまま進むか、それとも、危険には近付かないことにして、戻るか……。

「——やあ、迎先生」

不意に、岡江克二が姿を見せた。それは、本当に、「不意に」であった。近付いて来るのに全く気付かなかったのだが、いつの間にか、鐘楼の方から、池のふちを回ってこっちへ歩いて来るところだったのだ。

「池に近付くと危ないですよ。また落っこちるかもしれない」

「大丈夫よ。——克二さん、ここで何をしてるの？」

「散歩です」

と、岡江克二は肩をすくめた。「何しろ大して仕事もないもんで。夜の用心棒には時間が早いし」

と笑った。

ちょっとわざとらしい笑いだった。

「今、鐘楼に誰か上ってたわ」

と私は言った。

彼はちょっとギクリとしたが、すぐに、

「ああ、それなら僕ですよ。上から学校を眺めるのが好きでしてね」

と軽く言った。

違う。彼でないことははっきりしていた。私が鐘楼に人影と光る物を見てから、彼が声をかけて来るまでは、ほんの何秒かでしかない。その間に、鐘楼をかけ降りて来るのは不可能である。——飛び降りたとでもいうのなら別だが。

それに、彼は光る物など何も持っていない。

だが、私はあえて追及しないことにした。ともかく、彼が何かを隠しているということだけは分ったのだ。問い詰めてみたところで、警戒されるだけだろう。

「——本当に静かね、ここは」

岡江克二は、早く校舎の方へ戻りたそうだった。つまり、私をこの場から連れ出したかったのだろう。私はわざと池のほとりで足を止め、のんびりと周囲を眺めた。

「こんな所が東京にあるなんて！——そう思わない？」

「そうですね」

と、岡江克二は気のない口調で言って、「寒いでしょう。中へ入りましょうよ」

と促した。

「いいえ、気持いいわ、少し冷たいぐらいの方が」

私は深呼吸した。「ここを潰して、建売住宅を並べるなんて！——とんでもない話だわ。院長先生に頑張ってもらわなくっちゃね」

「母は夢想家ですよ」

と、彼は苦笑して言った。「現実に目を向けるのがいやなんだ」

「まあ。批判的なの、院長先生に？」

「学校経営は現実ですよ。理想だけじゃどうにもならない」

と、首を振って、「赤字、借金……。そりゃ、ここはまれに見る環境の別天地かもしれません。母が億万長者で、趣味でここをやってるのならね」

「教育は趣味じゃできないわ」

「しかし、このままいけば、ここはどうせ後二、三年で人手に渡りますよ」

「そんなに財政は悪いの？」

「顧問の会計士もさじを投げています。この学校を救うには、この土地を売るしかありません」

「売ってどうするの？」

「移転ですよ。そしてもっと生徒数を増やして、月謝も入学金も上げる。寄付金も取る。よその私立校がやってることを、うちがやっていけないはずはないでしょう」

「でも、院長先生はそうはなさらないでしょうね」

「そうです。でも、このままの状態で学校を潰すのとどっちがいいと思います？　母の個人的な思い入れで、学校を潰すなんて、それこそ、生徒を裏切ることですよ。違いますか？」

私は、岡江克二から、初めて、本音らしきものを聞いたような気がした。それは少なくとも、いつものあの軽薄な彼より、ずっと好感の持てる姿だった。

「あなたの気持は分るけど――」

と私は言った。「でも、この学校は、この環境と少数の寄宿制ということで生徒を集めているのよ。これが移転して、他の学校と変らなくなったら、果してやって行けるかしら？　大学も短大もないのに」

「短大を作ればいいんですよ。女の子たちは、鐘園の名前で来ます。そうすりゃ、赤字、赤字で悩むことなんかないんだ」

「でもここを……この池を、どうするの？」

と私は言った。

陽は落ちかけていた。水面は、鈍い鉛色から黒い夜を溶かした色へと変りつつあった。

「――こんな池！」

と、岡江克二は吐き捨てるように言った。「埋めちまえばいいんだ！」

そして、私を置いて、校舎へと、ほとんど走るような勢いで、立ち去った。

私は、少し、その場に立ち尽くしていたが、やがてふっと身震いした。暗くなって来て、風が急に変った。

明りが点いた校舎へと、私も歩き出していた……。


その夜、岡江院長はいつになく若やいで、輝いていた。

「院長先生、よほどいいことがあったんですな」

およそ女性を見る目があるとは思えない大井先生までが、そう言ったほどである。

「本当ね。今夜は食事まで豪華だわ」

と、高田百合が言って、「ねえ、院長、ここには予算ってものがあるのよ。事務長に一言ご相談いただかないと、困るんですけれど――」

と、冗談っぽく院長をにらんで見せた。

「今日はお誕生日か何かですか？」

と教師の一人が訊くと、岡江院長は、ちょっといたずらっぽく微笑んで、

「ま、そんなところかしら。高田さん、心配しないで。この食事、予算オーバーの分は私のポケットマネーですから」

「それじゃ安心して食べられるわ」

「半分も食べてから、何を言ってるの」

院長の言葉に、食卓はドッとわいた。

不思議だ、と思った。——一体何があったのだろう。院長は、日曜日のあの出来事以来、むしろ沈みがちな様子だった。それが、今日はまた十年も若返ったかのように、はつらつとしている。

「院長もこうして見ると、捨てたもんじゃないわね」

と隣の席で、古谷公子が言った。

「聞こえるわよ！」

と私はつついてやった。

「大丈夫よ。端っこだもの。でも、もう一人、急に若返った人がいるわ」

「そう？——誰なの？」

と私は食卓を見回した。

「あなたよ」

「私？」

「そう。今日は午後、どこへ行ってたの？　白状なさい。この前の彼氏と会ってたんでしょ！」

「やめてよ……。そりゃ、会ったけど——」

「ほら、ごらんなさい」

「でも——それは違うのよ。とんでもない目に遭ったんだから。プラスとマイナスでゼロ——いえ、マイナスの方が遥かに大きいわ」

「マイナスって？」

私は肩をすくめて、

「その内分るわよ」

と言って、確かにいつもよりぐっと量も種類も豊富な夕食を食べ続けた。

生徒の方の食事も、教師と同じである。聞こえて来るざわめきも、気のせいか、いつもより格段に元気なようだった。

さらにみんながびっくりしたのは、デザートにケーキが出て、紅茶がついて来たことで、生徒たちの方は大騒ぎしていた。

みんな外ではいくらでも食べているはずだが、学校で出たというところが、ニュースであり、騒ぎに値するのである。

「こりゃ、謎を解明しなきゃならん」

見かけによらず甘党の大井先生が言い出した。「院長先生、一体何事ですか？　本校ではクリスマスが早目に来ることになったのかな？」

「大井先生、ケーキで酔っ払ったんじゃありません？」

と古谷公子がからかった。

「まあまあ、みなさん」

と、院長は笑って、「今は黙って召し上って下さい。後で、サロンの方へ集って下さい。お話ししておきたいことがありますからね」

と、穏やかにみんなを見回した。

「やっぱり何かあるんだ」

と大井先生が肯く。「こりゃ、名探偵の謎ときが楽しみですな」

――ともかく、食事は談笑の内に終った。

しかし、私は、といえば、心から楽しめたわけではない。当然だろう。いつ、刑事がやって来て引張って行かれるかもしれないというのに、到底浮かれた気分にはなれない。

サロンへ早目に行って新聞を広げていると、後から、他の教師たちも入って来た。生徒たちはとっくに食事を終えて、部屋へ戻っている。やっと、少し静かになっていた。

「みなさん、わざわざ申し訳ありませんね」

と、院長が入って来て言った。「せっかくの食後のひとときなのに」

「それより何の話なの？」

と高田百合が面倒くさそうに言った。「百円拾ったとか、そういうこと？」

「あなたは黙ってて」

と、院長はにらんで、「これは純粋に個人的なことなので、本来なら、みなさんのお時間をいただくべきものじゃないのですけれど……」

と一同をぐるっと見回した。

「やはり院長という立場上、個人的な生活も、多少は公のそれと関りがあります。ですから、事前にお話ししておくべきだと、思ったんです」

——集っている面々の中で、一人、面白くなさそうなのは、岡江克二だった。

食事中も口をきかず、私の視線を避けていた。池のほとりで、つい生の自分をさらけ出してしまったのを悔んでいるようにも見えた。

「実は——」

と、岡江院長は一息ついてから言った。「私、今度再婚することにしましたの」

一瞬の沈黙。そして——、

「まあ！　すばらしい！」

「おめでとうございます！」

「これは正に不意打ちだ！」

と声が次々に上った。

「嘘みたい」

と、古谷公子がポカンとしながら言った。

私は、といえば、驚きはしたものの、他に気にかかることもあったせいか、割合に冷静だった。そして、すぐに岡江克二の方を見た。彼は青ざめていた。

この件について、彼が全く知らなかったのは確実だ。みんなが院長の周囲に寄って、口々に祝福を送っているのを、岡江克二は、今にも倒れるかと思えるほどの青白い顔で見つめていた。

彼は何か言いかけた。叫びかけた。――が、自分の方へ向けられた私の視線に気付くと、ハッとして、我に返った様子だった。そして誰も気付かない内に、サロンを出て行ってしまった。

「ちょっと、ちょっと!」

もう一人、不服そうだったのは、高田百合である。「私に黙ってるって、どういうことなの?」

「ごめんなさい。でも、あなたに言えば、たちまち広まってたでしょ」

これは確かにその通りに違いないので、高田百合も一言もない。みんながドッと笑った……。

「――詳しいことは、その内分ると思いますから」

と院長が言っていた。

「相手の方はどなたなんですか？」

「いつ式を？」

「ハネムーンは？」

と、週刊誌並の質問攻めで、中に、

「婚前交渉は？」

と訊いた人がいて、みんな大笑いとなった。

私は気が重かった。こんなとき、よりによって……。


「失礼します」

院長室のドアを開け、私は中へ入った。

「ああ、迎先生。どうぞ。——かけていてね。ちょっとこれを書き上げてしまうから」

院長は、机に向って、手紙らしきものを書いていた。私はソファに腰をおろして、待った。

十分近く待っただろうか。

「——さ、これでいいわ」

と、院長は、書き上げた手紙を封筒へ収め、封をして、置いた。

「ごめんなさいね、待たせて」

「いいえ。——あの、おめでとうございます……」

「ありがとう」

と院長は微笑んだ。「でも、それを言いに来たわけじゃないんでしょ?」

「はい。実は、この間の事件のことで……」

「何かあったの?」

「警察に呼ばれそうなんです」

院長の表情は、あまり変らず、穏やかだった。

「話してちょうだい」

私は、今日、刑事に声をかけられたことから、指紋のことを忘れていたこと、おそらく、遠からずここへ刑事がやって来るに違いないことを説明した。

「申し訳ありません。私の不注意で、学校の名前が出る心配も――」

「あなたが謝ることはないわ」

と院長は遮って、「私の方こそ、とんだ迷惑をかけてしまって……」

「院長先生、あの男の人は、一体、先生とどういう――」

と私が訊きかけると、院長は急に立ち上った。

そして、窓の方へと歩いて行くと、カーテンを開け、外の暗闇を眺めた。

「――何も訊かないで」

「院長先生……」

「警察に訊かれたら、総て、ありのままに話して。後は、私が引き受けます」

「ですが……」

「心配しないで」

と、院長は振り返って、肯いて見せた。

「すみません、せっかくのおめでたいときにこんな――」

ドアがノックされて、古谷公子が顔を出した。

「あ、ここにいたの。迎さん、警察の人があなたに、って……」

私と院長は顔を見合わせた。

「すぐ行くわ」

と私は言った。

ドアが閉まった。院長は、机の引出しを開けると、奥から、ずいぶん古びた木のケースを取り出した。

「何ですか？」

「私の再婚に欠かせないもの、とでもいえるかしらね」

と院長はのんびりと言って、ケースの金具をこじ開けるようにして、蓋を開いた。

院長が、黒く、重々しく光る拳銃を両手でつかんで、持ち上げた。

「――院長先生！」

銃口が、真直ぐに私の胸に向いている。夢かと思った。こんな馬鹿なことが！

院長は、その拳銃を机に置いた。ゴトッと重い音がした。

「古い学校には色々な物が残ってるわ。これも主人が物置で見つけたものなの。どうしてこんな物があったのかしらね。――ともかく、どうせ鉄屑（てつくず）同然なんだから、といって届けもしなかったんだけど、しばらく放っておいてから、主人がいじってみたら、ちゃんと動くの。危ないから、と引出しへしまい込んでおいたのよ」

「あの――弾丸（たま）は入ってないんですね」

私は恐る恐る訊いた。院長はちょっと笑って、

「当り前よ。暴発でもしたら大変じゃないの」

「それならいいんですけど……。警察の人には見せない方がいいと思いますわ」

「そうするわ。――さあ、行って。話が済んだら、警察の人をここへ案内してちょうだい」

「分りました」

私は院長室を出た。――警察へ、どう話をしたものかと気を取られていたので、すっかり忘れていた。院長の言葉を。

あの拳銃を取り出すとき、「私の再婚に欠かせないもの」と、院長は言ったのだった。

応接室へ入ると、あの、成田という刑事が座っていた。もう一人、その後ろに立っているのは、あの甘味喫茶を出るとき、表に立っていた若い男だ。

「どうも先ほどは」

と、成田という刑事が穏やかに言った。

私が向い合ったソファに座ると、若い方の刑事が、ドアの前に立った。逃げられないように、というわけだろう。

「ああ、これは尾形(おがた)君です」

と成田刑事が紹介した。「――ところで、迎さん、実はこうして伺ったのは――」

「指紋を採ったんですね、あの写真から」

「気付いておられたんですか」

「後で気が付きました。――あのアパートの部屋から私の指紋が？」

「ドアのノブからです。はっきりしていたのはね。お分りなら話が早い。正直に話していただけますね」

成田刑事の口調は、あくまで丁寧で、その点はありがたかった。

私は、中華料理店で、あの男が不動産屋の人間らしい男と話をしているのを偶然耳にしたことから始めて、院長と二人でアパートへ行き、そこから立ち去るまでの事情を説明した。

「なるほど。すると、院長さんはずっと部屋におられたわけですな」

「はい。でも――」

「被害者について、何か言わなかったのですか」

「私には何も……」

「そうですか。どうやらあれは偽名らしいですが……」

成田刑事は、ちょっと考え込んだ。重苦しい沈黙が続いた。

とんでもない日になったわ、と私は思った。警察の考え方からいけば、当然院長に容疑がかかることは想像できる。そうなれば、再婚どころではなくなるだろう……。

「ともかく、院長さんのお話をうかがうのが先決のようですね」

と、成田刑事が言った。「——どうしました？」

私は、ゆっくりと立ち上った。たぶん、顔から血の気がひいていただろう。——忘れていた！ 目の前に拳銃を見た驚きで、院長の言葉を忘れていた……。

「私の再婚に欠かせないもの」

拳銃が？——なぜ、拳銃が？

「院長先生が！」

私はドアへ飛びついた。不意を食らって、尾形という、若い刑事もただ呆然としているだけのようだった。ドアを開け、廊下へ飛び出すと、私は院長室へと走った。

「おい！ 待て！ おい！」

私が逃げようとしているとでも思ったのか、尾形刑事が、怒鳴り声と共に追って来る足音が聞こえた。だが、私の注意は、専ら前方に、院長室へと向けられていた。

ドアが見えてくる。もう手遅れか？ それとも、まだ——。

ドアへ、あと数メートルの所へ来て、足を緩め、ノブへ手を伸ばしたとき、分厚いドアを通して、ズン、と腹に響くような音が伝わってきた。

「院長先生！」

ドアを開けた。硝煙が、漂っている。机の上に、院長は突っ伏していた。拳銃は、銃口から、まだ青白い煙を立ち昇らせて、机に、まるで静かに置かれたように横たわっている。

だが、大型拳銃だったせいだろうか、それとも古かったせいか、こめかみは、べっとりと血で濡れ、凄惨な光景だった。私は、その場によろけるように座り込んでしまった。

「一体何が――」

尾形刑事が駆けて来ると、一目、中を覗いて絶句した。遅れて成田刑事もやって来た。

「院長さんですか？」

「そうです……。どうして――どうして気が付かなかったのかしら！」

まだ、目の前の光景を、私は理解できなかった。頭で分っていても、受け入れられなかったのである。

「何事です？」

やって来たのは、大井先生だった。「廊下をドタドタ走るとは――」

言いかけて、中の様子に気付いた。

「こいつは……どうも……」

と、やはり唖然としている。「ど、どうなったんです？」

「大井先生、他の先生方にこのことを……。でもここへは来ないように」

「分りました。つまり——そうですな、分りました」

大井先生は、あわてふためいて、駆け戻って行った。成田刑事は、さすがに一番冷静で、院長の方へ近づいて、

「——亡くなっています。もちろんお分りでしょうが」

と言った。

妙に同情めいた言い方でなく、乾いた、事務的な口調が、却ってありがたかった。

「この拳銃のことはご存知ですか?」

私は、成田刑事に、さっきの院長の説明をくり返してやった。やはり動転しているのだろう、細かいところまでは思い出せなかったので、大まかな話に止めなくてはならなかった。

「——再婚ね。再婚するつもりでいたのに、どうしてこんなことを……」

「誰も気が付いていなかったんです」

と私は言った。「院長先生の〈再婚〉が何の意味なのか……」

「というと、あなたにはお分りなんですね?」

「院長先生は、亡くなったご主人のことを、ひたすら想っておられたんです。それなのに再婚だなんて。——おかしい、と思うべきでした。院長先生は、その拳銃を取り出して、再婚に欠かせないものだ、とおっしゃったんです。私はそれを聞いていながら……」

「分りました」

成田刑事が肯（うなず）いた。「つまり、亡くなったご主人との再婚、という意味だったんですね」

「そうです。もっと早くそれに気付いていたら……」

「いや、自分を責めてはいけませんよ。正常な良識ある大人が、自分の判断で自殺したのです。それを食い止めることはできません」

バタバタと足音が近付いて来たと思うと、岡江克二が飛び込んで来た。

「――お母さん！」

「克二さん、院長先生は亡くなったわ」

と、私は、ようやく立ち上りながら言った。

「そう……そうなのか」

岡江克二は、半ば放心状態で呟（つぶや）くと、「でも……一体どうして、こんな真似をしたんだ！」

「原因にお心当りは？」

と成田刑事が訊（き）いた。

「あんたたち、誰です？」

「岡江克二さんですね。警察の者です」

「警察？　警察が何の用です？　放っといて下さい！」

と、岡江克二は叫ぶように言った。

「まあ、何てことを！」

高田百合がドアの所に立っていた。「多美子さん！　あなた、まあ一体何を……」

続々と教師たちが駆けつけて来た。そして少し間を置いて、生徒たちも。話はたちまち広まったようだ。

ドアを閉めるどころか、尾形刑事が、

「退(さ)がって！」

と、現場を保存するために、立ちはだかって怒鳴らなければならないほどだった。

だが、私には、叫び声も怒鳴り声も、同じ騒音でしかなかった。血にまみれた院長の顔を、じっと見つめて、その場に立ち尽くしていたのである。

院長はあの世で夫に再会できたのかしら、とふと、本気で私は考えていた……。

9　葬列の終り

「こんなに早く、黒いワンピースが必要になるなんて……」

と、古谷公子が言った。

私も同感だった。幸い――と言っていいのかどうか――黒いワンピースは、前の学校にいたときに作ったのがあって、それを着ることにしたが、ともかく気の重い日が始まっていた。

前の日まではよく晴れていたのに、今日はどんよりとした鉛色の雲が空を埋めて、まるで雪でも降って来そうな空模様であった。風は身を切るように冷たい。

院長の学校葬は、サロンを片付けて、そこで行われていた。何しろ全校生徒といってもごく少ない人数だし、それほどの場所を必要としないように思えたのである。

「寒いわね」

と、古谷公子が足踏みしながら言った。

「仕方ないわ。私たちが一番若いんですもの」

と私は言ったが、実際、寒くてたまらなかった。

私と古谷公子は、門の前の、受付に立って寒風にさらされていたのだ。寒くないわけはなかった。といって、まさかオーバーを着込むわけにもいかず、じっとこらえて立っている他はなかったのである。

「大勢みえると思う？」

と、私は言った。

何か話していた方が、寒さも紛れる。

「どうかしら。電報ぐらい来るかもしれないけど……」

私も同感だった。――何しろ、自殺であり、しかも、身許不明の男を殺害した容疑者だというのだから、学校葬そのものにも抗議や反対の声が、父兄から出たほどである。

しかし、高田百合が、周囲を驚かすほどの断固たる態度で学校葬とすることを決めた。決ってしまうと、もう苦情もなく、また、少しずつではあったが、院長と親しかった父兄や卒業生たちから、学校葬になって良かったという声も寄せられた。

いつも声高に響くのは、反対や非難のヒステリックな叫びであるが、それがみんなの声であるとは限らないものなのだ。

しかし、葬儀に参列するかどうかということになると、話は別であった。報道カメラマンたちの姿も、そろそろ目につくようになった。殺人容疑者の葬儀に顔を出すのは、勇気のいることであろう。

「そろそろ始まる時間ね」

と、古谷公子が腕時計を見る。「院長先生には申し訳ないけど、早く終ってほしいわ」

それは私も同感だった。

「見て。車よ」

タクシーが三台ばかり、連なって坂を上って来る。先頭の一台から降りて来たのは、何と成田刑事だった。

「——まあ、刑事さん」

「いや、今日は、せめてご焼香でもと思ってやって来たんです。決して仕事に来たわけではありませんから」

「わざわざどうも」

「尾形を連れて来ました。何かお手伝いすることがあれば、使って下さい」

「お気持はありがたいですけど、まさかそんなわけにも」

「そうですね。引越しでもするのなら、力だけはありますから役に立つでしょうが」

成田刑事は、真顔で言った。

他のお客たちの方へ、私は注意を移した。

「——迎さん、代りましょう」

と、声をかけて来たのは、大井先生だった。

「すみません、お願いします」

私は、遠慮なしにそう言って、受付を離れた。――寒いどころか、汗ばんでいるくらいだった。

焼香に訪れる客は、途切れることなく、延々と続いた。私も、古谷公子も、ひっきりなしに客に応対しなくてはならず、息つぐ間もなかったのである。改めて、岡江院長の人柄が、いかに多くの人に愛されていたかを、思い知らされた。

サロンなどは人で埋って、廊下から、校舎と門の間の砂利道にまで、焼香を待つ人の列ができていた。

「迎さん」

と、連絡に行っていた古谷公子が校舎から出て来ると、手を振った。「受付は?」

「大井先生が代って下さってるの。少し休みましょう。任せておいて大丈夫よ」

「そう? でも、やっぱり一人じゃ大変よ。私、行ってるから、あなた調理場でお茶でも飲んで来たら?」

「ありがとう。そうするわ」

と私は肯いた。

古谷公子が門の方へ急ぎ足で戻って行く。私は、思い直して、林の中を抜け、池のほとりへ出て息をついた。

そこには人影もなく、いつもと変らぬ静けさだった。――この池、あの鐘楼はどうなるのだろう。

この後、学校をどうするか、まだ何も決っていなかった。ともかく、この学校葬を終らせるのが先決だったからだ。

「こちらでしたか」

急に声がして、驚いて振り向くと、成田刑事が立っていた。

「まあ、足音が聞こえませんでしたわ」

「いや、失礼。つい足音をたてないくせがついていますのでね」

成田刑事は池を眺めて、「——あの院長さんは大した方だったようですな」

と言った。

「ええ。私も驚いています。今でも亡くなったなんて信じられないくらい……」

「この学校をどうするか、決ったのですか？」

「いいえ。まだとてもそこまでは。後を継ぐのは克二さんだと思いますけど、それからどうなるのか……」

「あの息子さんですな。大分、変るんじゃありませんか？」

「ええ、たぶん」

と私は肯いた。「——あの男の身許は分りまして？」

「いや、それが全然……」

成田刑事は渋い顔で首を振った。「ともかく、一応事件は落着というわけですが、どうも私としてはすっきりしないのです。院長さんがあの男を殺したとしても、動機すらつかめない。凶器も見付からない。——推測することはできますよ。しかし、それは何の証明にもなりません」

私は肯いた。

「私も同じ気持です。あの院長先生が犯人だとは、とても思えません。もちろん——人間ですから、隠しておきたい秘密もあったかもしれません。殺したいほど憎んでいた相手もいたかもしれない……。でも、あんな風に殺すのは変です。しかも、ぼんやり死体のそばに座り込んでいたなんて……。院長先生なら、もっと機敏に行動したはずですもの」

「同感ですね。——もう一つ、院長さんの遺書に、一言も、〈自分が殺した〉とは出て来ない。そこも気になるのです。後のことを色々と指示したり、現在の財政状態を書き止めたり……。あれは、遺書というより、実質的には引継書ですよ」

「そうですね」

「あれだけきちんとけじめをつけようという人が、なぜ、〈私があの男を殺した〉と一言書かなかったのでしょう？ そこが引っかかるのです」

私はじっと成田刑事の顔を見た。

「じゃ……犯人は他にいるとお考えなんですね？」

成田刑事は肩をすくめた。

「私としては、もう結着をみた事件をほじくり返したくはありません。上の方に言わせれば、他にいくらも事件はある、というところですよ。しかし——どうも気にかかる。今日は非番なのですが、こうしてやって来てみたんです」

「つまり、何か新しい事実でも出れば、改めて調査することも？」

「もちろんです。あなたも、もし何か思い出したことがあったら、知らせて下さい。細かい、あの男の胸に蝶々がとまっていた、なんてことでも構いません」

　私は微笑んだ。

「どこかの探偵小説みたいにね。でも、胸は見えませんでしたわ。うつ伏せになってたんですもの」

　成田刑事が、ふと眉を寄せた。

「うつ伏せに？」

「ええ。血溜りに突っ伏して……」

「待って下さい」

　と、成田刑事は手で制して、「あなたが見たとき、あの男はうつ伏せになっていたんですね？」

「そうです」

「で死体に触りましたか？」

「いいえ！　でも院長先生は——」

「触ったんですね。確か、脈を取ってみたとか」

「ええ。でも、それは私が見る前ですから」

「つまり、あなたが見ている間は、全く死体に手を触れていないんですね」

「そうです」

「そのまま、部屋を出られたわけですな」

「はい」

成田刑事は突然私の手をつかむと、ぐいぐい引張って、鐘楼の方へ歩き出した。

「どうしたんですか？　あの――」

「その辺でいい」

成田刑事は、雑草が茂ったところまで来ると、いきなり草の中に座り込んだ。

「何をするんですか？」

「あの男がどんな風にうつ伏せになっていたか、やってみて下さい」

「ここで？」

「そうです。私を死体だと思って。――長くのびていたんですか？」

「いえ……。待って下さい」

私は懸命に記憶を呼びさました。「いえ、足はのびていません。ちょうど――あぐらをかいていて、そのまま前へ伏せたような恰好でした」

「こんな風に？」

と、草地の上に上体を伏せる。

「服が汚れますよ」

「どうせ安物です。——どうですか？」

「ええと、もう少し前のめりに。——ええ、そんなところです。腕は頭をかかえ込むようにして……」

「こんなようにですか」

「いえ……。ちょっと失礼します」

私は一方の腕を、頭の回りに回すようにして、もう一方は少し体のわきへ引きつけるようにした。

「これぐらいだったと思います」

「頭は？」

「こう……右の方を向いて……。逆です！　あなたの方から右へ。——そう。そうです。そんな恰好でした」

「あなたはどの辺にいたのですか？」

刑事はそのままの恰好で言った。「大体の見当でいい。立ってみて下さい」

「ええと……」

部屋の広さを、戸外で測るというのは難しい。私は、感じよりも少し近めの所に立った。その方が、おそらく正確だろう、と思ったのだ。

「これくらいだと思います」

と声をかけると、成田刑事は顔を向うへ向けて伏せたままで、

「私の顔が見えますか？」

と訊いた。

「いいえ、全然」

「つまり――」

と顔を上げて私を見ると、「あなたは、倒れているのが、本当にあの男だったと確かめたわけではないんですね」

「ええ。でも――被害者の写真はあの男でしたわ」

「その部屋では、見なかった」

「ええ」

「ちょっと来て下さい」

私は、まだ伏せたままの成田刑事のそばへ行った。「私の体を押してみて下さい」

「押すんですか」

「わきから。ゴロンと転がるまで」

何だか良く分らなかったが、私は腰を落とすと、刑事の体をわきから力をこめて押した。しかし、大の男である。私の力ぐらいで、そう動くものではない。仕方なく体重をかけて、エイッと押すと、刑事の体は横転し、弾みで私も刑事の上にかぶさるように倒れた。

「いや――どうもありがとう」

と成田刑事は立ち上った。私もあわてて立ち上ると、スカートの汚れを払った。

「何をやってたんですか？」

「いや、あなたから、もっと詳しく話をうかがっておくべきでした。その前に院長さんが自殺してしまわれたので、その後はもう何もしなかった。こちらの怠慢ですよ」

「どういう意味です？」

「いいですか、あの男は、胸を刺されて、仰向けに倒れていたんですよ」

「仰向けに……」

「分りますか？　今、あなたのおっしゃったように、男が突っ伏していたとすれば、その後で何かの弾みで仰向けになったとは考えられません。あれだけの力を入れなくては動かないのですからね」

「そうですね。つまり……どういうことになるんでしょう？」

「色々と考え合わせると――」

と、成田刑事が言いかけたとき、

「おい！」

と、怒鳴る声がした。

「まあ、小牧さん」

小牧忠男が大股（おおまた）にやってきて、

「今、何をしてたんだ！」

と声を上げた。

「どうしたの、大声出して？」

「今、その茂みから二人で起き上って来たじゃないか。何をやってたんだ！」

「小牧さん！――いやねえ、何を考えてるのよ」

私は赤くなって、「こちらは警察の方よ」

「刑事？　刑事だからって、女の子をくさむらに引張り込んでいいってことはない」

「誤解よ！」

成田刑事は愉快そうに、

「いや、そう見られるとは、まだ若い証拠だ。光栄ですね」

と笑った。

私が説明すると、小牧はやっと納得した様子で頭をかいた。

「いや、失礼しました。しかし、まさかこんな所で殺人現場の再現をしているとは思わなかったものですから」

「それで、刑事さん――」

と私は言った。「今のお話ですけど、どういうことになるんですの？」

「ああ、つまりですね、あなたが見たのは、あの狭山という男じゃなかったかもしれないということなんです」

「それじゃ他の男の死体だと——」

「いや、その男が死んでいた、と確かめたわけではないでしょう？　もし院長さんが嘘をついていたとすれば、その男はそこで死んだふりをしていただけかもしれない」

私は唖然として、

「でも——何のために？」

「それは分りません。しかし、確かなのは、あなたが見たのが、別の男の死体だったか、でなければ、別の男が死んだふりをしていたか、です。ともかく、殺された狭山という男は、仰向けに倒れていたし、血も胸から流れていただけです。その前に、血溜りに倒れていれば、あちこちに血がついていなくてはならない」

「すると院長先生が嘘をついていた可能性はあるわけですね」

信じられないようなことは言っていたが、内心、私は、院長が嘘をついたのに違いない、と思っていた。あのときの院長の、ぎこちない言い訳など、疑問に思ったことも、それで説明がつく。——しかし、なぜ院長がそんな嘘をついたのかという疑問は残るけれども……。

「すると——」

と、小牧が口を挟んだ。「犯人は院長さんじゃない、ということになりますね」

「確言はできませんが……」

「いいえ、それは確かです！」

んですから」

と私は言った。「あのアパートを出てから、私はずっと院長先生と一緒に帰って来た

「それはその通りです」

と、成田刑事は言って、「しかし、あなたに嘘を言ったのは、共犯だったからとも考えられます」

共犯か！　そういうこともあったのだ。

「ちょっと話していいですか」

と小牧が言った。「情報を一つ仕入れたんで、やって来たんだ」

「どんなこと？」

「この学校、これからどうすることになったんだい？」

「まだ分らないわ。次の院長も決ってないし……」

「たぶん息子が継ぐんだろう」

「おそらくね。——それがどうしたの？」

「実は、例の不動産会社の後輩と、ゆうべ飲んでね。偶然会ったような顔で、誘ったらついて来たんだ。あれこれ話をして、遠回しにここの話へ持ち込んだ。目下、あの会社は喉から手が出るくらい、この土地が欲しいようだよ」

「そんなに値の出る所とも思えないけど……」

と私は眉を寄せた。

「いや、これはその後輩が、誰にも言わないでくれと言って、話してくれたんだけど、この山の反対側を国道が通る計画があるらしいんだ。そうなると、一気に値が上って、分譲すればぼろ儲けになる。それを狙ってるんだよ」

「呆れた。それを知ってたのかしら、院長先生は」

「いや、もちろん知りゃしないよ。そういう話は、代議士とか、そういう方から洩れて来るんだ」

「それで、あんな犬の死骸を投げ込んでまで欲しがってるのね」

「それは何の話ですか？」

と、成田刑事が言った。

私が、犬の死骸が池で上った件を話すと、

「そこまでやってるんですか」

と渋い顔になる。

「それでね、ここの院長さんが亡くなっただろう」

「向うにとっちゃ、ありがたいでしょうね。院長先生が健在な限り、この土地は手離さなかったでしょうからね」

「そう。もう、向うじゃ、すっかり皮算用してるようだよ」

「そう言われると却っていやね。意地でも居座ってやりたくなるわ」

「ところが、向うは安心してるんだ」

「どうして？」

「ちゃんと味方がいるというわけなのさ」

「この学校に？」

「誰だと思う？――院長の息子だよ」

「克二さんが？　でも……」

「不動産会社の方でも、母親はとても気を変えさせることはできない、と諦めたらしい。そして息子の方へ接近したのさ」

「じゃ、もうつながりがあったのね？」

「うん。時々、不動産会社の招待で一流の店に食べに行ってるらしいよ。その後輩も、お付き合いしたことがあるらしいけど、アルコールが入るとすっかり気が大きくなって、必ず母親に土地を売らせてみせるから任せとけと言ってたらしいよ」

「そんなことを……」

私は、頬が熱くなるのを感じた。「じゃ、克二さんが院長を継いだら、確実にここは売られるってわけね」

「そういうことになりそうだよ」

「でも、私みたいな新米に、それを止めることができる？」

私は絶望的な気分で言った。

「ちょっと失礼します」

と、成田刑事が言った。「急に用を思い出しまして。またご連絡します」

成田刑事が足早に立ち去ると、

「変ってるね、刑事にしては」

と小牧が言った。

「あなた、そんなに警察のご厄介になったことがあるの？」

私がからかうと、小牧は肩をすくめて、

「僕は駐車違反もしたことがない、模範的市民だよ」

「あら、この間、車の中で私にキスしたじゃないの。軽犯罪法違反じゃないの？」

「いいんだよ、捕まらなきゃ」

小牧は、校舎の方を見て、「――ずいぶん焼香客が来てるね」

「人徳というものね」

と私は肯いた。「そんな立派な人でも、息子はだめなものなのね」

「とかく、そういうもんだよ」

と、小牧は、分ったような顔で言った。「せっかく来たんだ。ご焼香させてもらおうか」

「そうね、私もまだしてないの。でも私はいつでも出来るから、あなた、ご焼香して来て」

「そうするよ。――そうそう。何だか妙だと思ったことがあるんだ」

「何のこと？」

「いや、その後輩と話しててさ、ちょっと変だな、と思ったんだけど、そいつが、もう前から分ってたようなことを言うんだな」

「前から？」

「こうなるのがね。院長さんが亡くなったと知って、しめた、というのなら話は分るけど、何だか前以って予期してたみたいでね、『もう準備万端、整えといたんですよ』と言ったよ。ちょっとおかしくないか？　院長さんが近々やめるような噂でもあったのかい？」

「そんなこと……ないと思うけど」

と私は首を振った。「それじゃ、その不動産屋が何か知っているかもしれないわね」

「うん。僕もそんな印象を受けた」

「ね、もっと色々と訊き出せない？」

「うーん、難しいと思うね」

小牧は首をひねった。「ともかく、それだけ訊き出すのもやっと、だったんだ。やはり、外へ洩らさないように言われてるらしい。あまり、ここのことばかり訊いても、変に思われるだろうしね」

「それはそうね。何か方法はないかしら……」

私は考え込んだ。

「迎さん」

と声がして、古谷公子が走って来るのが見えた。「ここにいたの。捜しちゃった。――あら」

と、小牧に気付いて、興味津々の様子。

彼のことを紹介すると、

「噂はうかがってます」

と、古谷公子は楽しそうに言ってから、「いけない！　不謹慎ね」

と、肩をすくめた。

「ずっと空けちゃって、ごめんなさい。すぐ受付に戻るわ」

「あ、そうじゃないのよ。高田さんが呼んでるの」

「私を？　何かお手伝いかしら」

「さあ。院長室へ来てほしいんだっていうから」

「院長室？――そう。分った、すぐ行くわ」

高田百合が院長室で一体何事なのだろう？　私は、小牧と別れて校舎へと入って行った。焼香を待つ客の列は、やっと短くなり始めていた。

10　首輪のない犬

「ああ、向井さん、悪いわね、呼び出したりして」

　と、高田百合が言った。

　相変らず彼女にとって私は〈向井〉なのである。訂正しようという気も起こらなかった。

「何かご用でしょうか」

「座ってちょうだい」

　と、高田百合はソファをすすめた。「――ともかく、大変なことになったわ」

「そうですね」

「あなたのように、まだここで日の浅い人にとっては、気苦労も人一倍でしょ。院長に代ってお礼を言わせていただくわ」

「とんでもありません。そんなことは……」

「実はね――」

　と高田百合はため息をついて、言った。「これから学校をどうするか、経営方針をどうするか、色々と考えたり話し合ってみたの。その結果、ともかく学校を続けて行こうと思えば、今の規模をずっと小さくしなくてはならないということになったの。今度のことでも、予想ほどではなかったけれど、やめていく生徒も何人かいて——もちろんこれは親ごさんたちの意志ですけどね。そんなわけで、院長先生は嫌っていたけど、〈合理化〉というやつをやらなきゃいけない、という結論になったのよ」

私にも、高田百合の言わんとするところが分って来た。

「つまり……私に、辞職しろ、とおっしゃるんですね」

極力、感情を押し殺して言ったつもりだったのだが、それが却って、相手には怒ったように聞こえたらしい。

「あ。あのね、決して無理にと言うわけじゃ——」

と、あわてて言い訳しようとする。

「いえ、分りました」

私としても、多少の混乱はあった。しかし、公平に考えて、私は一番新米の教師なのだから、第一にリストにあがって当然かもしれない。

「急なお話ですので——」

と、私は言った。「少し考えさせて下さい」

「ええ、ええ。もちろん結構よ」

と、高田百合は肯いて、「こんなときにごめんなさい」

「いいえ、とんでもありません」

この人は、岡江克二がもうここをすっかり売るつもりでいることを、知っているのかしら、と思った。まさか話すわけにはいかないが……。

「この学校は、このまま大丈夫なんでしょうか？」

と私は訊いた。

「もちろんよ。残った人たちが頑張らなくちゃね」

「移転とか、そんな可能性もあるように聞きましたが」

高田百合は、ちょっと意外そうに目を見開いたが、すぐに笑って、

「ここから移ったら、もうこの学校は学校でなくなってしまうわ。そんなこと、あり得ませんよ」

だが、その言葉の響きには、多少無理をしているところがあるように思えた……。


「なあに、クビ？」

と、古谷公子が訊き返して、「いやあね、ふざけてる！」

「苦しいんでしょ、学校も」

と私は言って、おしるこを食べ終えると、「もう一杯！」

と注文した。

あの、甘味喫茶。葬儀が終り、クタクタになった私と古谷公子は、どうせ夕食も外で

摂らなくてはならないので、駅の近くまでやって来たのである。

「そんなに食べて大丈夫？」

「疲れたときは甘い物が一番よ」

と私は言った。「——あなたは事務長さんに呼ばれなかった？」

「今のところね。でも、その様子じゃ危ないかな。どこか次の就職先を捜した方がいいかもね」

私としては、就職先のことより、事件の方が気になっていた。成田刑事が言ったように、院長以外に犯人がいたのだとしたら、それは誰なのか？　その前に、あの殺された男は何者なのか。

「ハハ……」

と、古谷公子が笑った。「見て。最近は男性も甘党になったのね」

振り向いて見ると、勤め帰りのサラリーマンらしい男が、アンミツを食べている。私はちょっと考えて、すぐに思い当った。あの男だ。殺された男と、中華料理店で話をしていた男である。

男の身許を調査すべく、警察としても、あの不動産屋に当っているはずではあるが、何も知らないという返事しかなかったようだ。しかし、この男なら、何か知っているのではないか。少なくとも、あの狭山と名乗った男がどういう風に接触して来たのか、そこから手がかりもつかめそうな気がする。

「ねえ、迎さん、どうしたの？」

と、古谷公子が言った。「お知り合い？」

「ね、ちょっと——」

と私は声をひそめて、手短かに事情を説明した。

もっとも、複雑な事情を手短かに話すというのも楽でない。ともかく、古谷公子も、あの男が何か知っているかもしれないということは理解したようだった。

「じゃ、しゃべらせたら？」

と、古谷公子は言った。

「簡単に言うけど、テープレコーダーじゃないのよ。〈PLAY〉のボタン押したら声が出て来るってわけにはいかないわ」

「それなら、出て来るようなボタンを押しゃいいのよ」

「どういうこと？」

「ちょっと、耳貸して」

と、古谷公子が声を低くした……。

——古谷公子が、

「じゃ、行きましょうか」

と席を立つ。

私はもたついて、少し遅れて立ち上った。古谷公子は、伝票を手に、あの不動産屋の

男の席のすぐわきを通ろうとした。そして、突然、スカートを押えると、

「キャッ！　何するのよ！」

と大声を上げた。

狭い店の中である。何事かと一斉に視線が集まる。当の男性の方はキョトンとしているばかり。

「この人、私のスカートに手を入れたのよ！　痴漢！　変態！」

「冗談じゃない……とんでもありませんよ！」

「知らないですって？　――白々しい！」

「いや、僕は本当に――」

私がすかさず歩み出て、

「私、見たわ。確かにスカートの中へ手を入れたわよ」

と言い切ったから、男の方が青くなった。

目撃者が出ては、男の方に分がないのは当然である。

「ほら、ごらんなさい！」

と、古谷公子は勢いづいて、「分った？　それともまだ知らないって言い張る気？　そっちがその気なら、こっちも覚悟があるんだからね！」

と、大迫力。

「でも、本当に何も――」

「まだ言ってるの？　大体、女の子ばっかりの店に一人で入って来て、変だなと思ってたのよ。いつもその手でやってるんでしょ！」

なるほど、この言い方は、なかなか説得力がある、と私は感心した。それにしても、これが、恋人を奪られたと言って、恋敵を殺そうとした、同じ女性とはとても思えない。

もう、店内の雰囲気は、完全に男の方に不利で、

「大体、目つきが変よ」

「ああいうタイプが一番危ないのよねえ」

「一一〇番すればいいのよ」

などと、方々で声がする。

「ともかくね、このままじゃ済まさないわよ。泣き寝入りするような気の弱い女じゃないんですからね」

と、古谷公子が言い放つと、拍手まで起こった。やや、のりすぎかな、と私は思った。

「どこの会社なの？　証明書持ってるんでしょ？　見せなさいよ！」

「待ってくれ！　ちょっと――」

男は、形勢不利を悟って、内ポケットから財布を取り出し、一万円札を抜いて、「あの、これでともかく――」

と差し出す。

「お金でごまかそうとしたってだめよ！」

と、古谷公子は一段と声を荒らげた。

まずいことをしたもので、これで店にいた客たちは、みんな、男が本当に痴漢行為をしたのだと思い込んだ。

「警察よ、警察！」

「そうよ、許せないわ！」

といった声が飛ぶ。

「それを貸しなさいよ！」

と古谷公子がヒョイと男の財布を取り上げた。

「あ、それは――」

「ちゃんと証明書があるじゃないの」

と古谷公子は、身分証明書を抜き出すと、財布を投げ出して、「これを預かっておくわ。会社へ行って話をつけるからね」

止める間もなく、さっさと店を出て行ってしまう。呆気（あっけ）に取られていた男は、

「待ってくれ！　おい！」

とあわてて後を追った。

やるわね彼女も！　私は笑いをこらえて、お金を払うと、急いで外へ出た。

古谷公子と、それを追いかける男の後姿が、もうずいぶん遠去かっている。こちらも後を追って駆け出した。

「ちょっと！　君！——どういうつもりなんだ！」

と男が大声を出すが、そんなことは平気なもので、

「何よ！　往来で変な真似したら、それこそ一一〇番よ！」

「分った。分ったよ。しかし……」

男の方はうろたえるばかり。古谷公子と一緒に歩きながら、

「ねえ、頼むから——それを返してくれよ。——この通り」

と手まで合わせる始末。

私はいささか、あの男が気の毒になって来た。——打ち合わせ通り、古谷公子は、途中のバス停の前にある小さな公園に入って足を止めた。私が続いて入って行くと、男の方は戸惑い顔で私たちの顔を見比べている。

「あなたに訊きたいことがあるの」

と私は言った。

「何だって？」

「駅の近くのアパートで殺されていた男のことよ」

「何の話だ？」

「知ってるはずよ。中華料理店で、あの学校の院長の弱味を握ってるんだと話をしたでしょう」

「あ、あんたたちは——」

「鐘園学院の者よ」

男は目を見開いて、

「そうだったのか。それで――」

「素直にしゃべりなさい」

と古谷公子は腕組みして、「そうしないと本当に交番へ届けるわよ」

と脅しつける。彼女ならやりかねない。

「――分ったよ」

男はヘナヘナと、ベンチに座り込んだ。

「でも――大したことは知らないんだ。本当だよ！」

「あの中華料理店で会ったのが最初？」

「最初で最後さ。あの次の日に殺されちまったんだからな」

「名前は？」

「狭山といってたよ。本当は違ってたそうだな。でも、僕は知らない」

「本当に？」

「本当だよ！」

「あの後、連絡も何もなかったの？」

「ない。こっちもあんまり当てにはしてなかったけど」

「院長の弱点を知ってると言ってたわね。その具体的なことは聞かなかったの？」

「全然聞いてないよ。あんなやつは、よくいるんだ。耳よりな話を知ってるとか言って、バス代をせしめて行くようなのが」

「それにしちゃ、大金を渡してたじゃないの」

「そりゃ……多少は信用してもいいかな、と思ってた」

「どうして？」

「古い写真を持ってたんだ。あそこの院長が、まだ赤ん坊の息子を抱いてる写真だった。だから、まんざら嘘でもあるまいと思って……」

私は、古谷公子と思わず顔を見合わせていた……。

古谷公子は、しばらく何も言わなかった。それから、自分のベッドにゴロリとひっくり返って、

「ああ、ややこしい」

と言った。

もう夜になっていた。——学校へ帰って来ると、古谷公子は、今度の事件のことを総て知りたがった。私としても、あそこまで協力させておいて、黙っているわけにはいかず、ちょうどここへ着いた晩、池で溺れかけている中沢爽香を助けたことから始めて、あの狭山と名乗った男のアパートを訪ねたことなど、詳しく話して聞かせた。

そして成田刑事が言ったように、犯人は院長以外の人間かもしれない、ということ。

それから岡江克二が、不動産会社とひそかに結んでいたことも話した。

「あの人がね……」

と、古谷公子はため息をついた。「本当にふざけてる！　母親が死んでホッとしてるのね、きっと」

「そんなこともないんでしょうけど……」

「いいのよ、気をつかってくれなくて。もうふっ切れたんだから」

「本当に？」

「そうよ。この間、あの中沢爽香を殺しかけて、一晩眠ったらね、嘘みたいにすっきりしちゃったの。――どうしてあんなに我を忘れたんだろう、ってね」

古谷公子は微笑んで、「いやになり始めたら、もう顔を見るのもいや、って感じ。あんな奴にどうしてのぼせたのか不思議だわ」

「中沢爽香の方も、別に彼の恋人なんかじゃない、って言ってたわ」

「そうかもね。ちょっと可愛い娘と見ればすぐに手を出すんだから……。結構、もててるようで、どの子からも相手にされてないのかもしれないわね、実際は」

「何だか哀れになって来たじゃない？」

「本当だ」

と、古谷公子は声を上げて笑った。「――でも、その中沢爽香の話、気になるわね」

「ええ。もうちょっとで色々話をしてくれるはずだったのに……」

図書室で、彼女は何かを話してくれようとした。そしてその話は、自分が「死んだら」みんなに言ってくれ、と彼女は頼んで来た。

しかし、その肝心の話を聞く前に、図書室へ他の教師が入って来たので、中沢爽香は出て行ってしまったのである。

「何か事件に関係のあることだと思う？」

と、古谷公子が言った。

「そうね……。何かあるような気がするわ」

「今から聞いてみても遅くないわ」

私はちょっと考えて、肯（うなず）いた。

「そうね。どうせ私はもうクビになるんだし」

「どうせなら思い切り暴れて行ったら？」

「人のことだと思って――」

と私は笑った。「でも、生徒を呼び出したりして、変に思われないかしら？」

「大丈夫よ。あなたが、ちょっと手伝ってほしいことがあるからって――」

そのとき、ドアが開いた。

「お呼びですか」

ちょっといたずらっぽい顔で、中沢爽香が立っていた。

風は、奇妙なほど静かになっていた。

昼間のあの強い北風が嘘のようで、空気は冷え冷えとして引き締っている。空は星が一杯に広がって、ここが郊外なのだということを思い出させた。

林を抜けると、冷たい水面の光が、ゆったりと波打ちながら広がっていた。思ったほど暗くはない。校舎の窓の明りが、すっかり葉の落ちた木々をくぐり抜けて届いているのである。

「じゃ、この池に……」

と、古谷公子が言った。

「ええ、父が沈んでるというんです」

と中沢爽香が肯いた。

「分らないわ。――つまり、あなたのお父さんは、あの鐘楼の鐘を盗み出そうとしたわけね」

「父は古美術商でした。でも、あるときひどい偽物を大量につかまされて、信用も失い、破産して、借金取りに追い回され、逃げ回っていたんです」

「そんなとき、ここの鐘を盗み出すのを手伝えと誘われたのね」

「ええ。父はもう大分荒(すさ)んだ生活をしていたようです。母と二人で、逃げ回り、疲れ切っていて……」

「あなたは――でも、確か鐘が盗まれたのは二十年くらい前でしょう」

「私、本当は十九歳なんです。父が死んで、八ヵ月して生まれました。母から、父のことを聞かされて育ったんです」

「あなたが十九歳？」

「小学生のとき、栄養が悪かったのかしら、胸を悪くして休学したんです。中学でも一年。――それで二年遅れたわけなんです」

「じゃ、今はどうしているの、お母さんは」

「母は私が中学生のとき再婚しました。その夫が医者で、割合裕福なものですから、この学校にも入れたわけなんです」

「わざわざこの学校を選んだの？」

と古谷公子が訊いた。

「私の希望です。母は反対していましたけど、私が説得して」

「何か理由があるの？」

「父がここに本当に沈んでいるのかどうか調べたかったんです」

「調べる？――どうやって？」

「潜るしかありません。だから時々、宿舎を脱け出してここへ来ていたんです」

「ここに潜れるの？」

と私は驚いて訊いた。

「できます。そんなに水は汚れていないんですよ。別に廃水が流れ込んでるわけじゃないから。ただ、底の方は泥がたまっていて濁っていますけど」

「この中へ……。危ないじゃないの！」

「私、水泳は得意なんです。胸を悪くして回復してから、中学のとき、丈夫にするために水泳を始めました。中学三年のときは全校で優勝するくらいだったんです」

と、中沢爽香は言って微笑んだ。

「じゃ、私があなたを助けたときも、あなた、ここへ潜ってたのね？　だからあんなに池の真中あたりにいたのか」

と私はいった。「でも中沢さん、あのときはどうして溺れそうになったの？」

「もう水が冷たすぎたんです。両足の筋肉がつってしまって……。いつもは裸で入っちゃうんだけど、あのときはそれでも少しは違うかと思って、パジャマ着て入ったんです。でもあんまり役に立たなかったわ」

中沢爽香は、ちょっと照れくさそうに言った。それにしても無茶なことをするものだ。いくら若いといったって……。

私たち三人は、ゆっくりと池の周囲を回った。――歩きながら私は言った。

「あなたがこの間言いかけたのは、そのことだったの？」

「それもあります」

「というと他にも何か？」

「真実を知りたいんです」

と、中沢爽香は池の方へ目を向けた。「一体誰が殺されたのか、ということを」

「誰が……」

「母は、いつも言っていました。父は騙(だま)されていたんだ、と」

中沢爽香は、近くの木にもたれかかって、言った。「父をその計画に誘いに来た男は、名前も言わず、顔をマスクで隠していたそうです。——危険はない。手はずは整っていると言っていたそうです」

「ところが実際はそうじゃなかったわけね」

「何があったのか、母も聞かされていませんでした。ただ、思いがけない事態になってしまった、ということだけ……。そのマスクの男がやって来て、父は撃たれて死んだ、と……」

「撃たれて？」

「ええ。そのまま池に落ちてしまったと言ったそうです」

「それで、鐘は？」

「その後、池に落ちて沈んだそうです」

私と古谷公子は顔を見合わせた。

「それじゃまるで……院長先生のご主人が亡くなったときの事情とそっくりじゃないの！」

と古谷公子が言った。

「待ってよ。院長先生のご主人は、盗みに来た男に撃たれた、ということなんでしょ？でも、今の中沢さんの話では、盗みに来た人が撃たれたことになるじゃないの」

「じゃ——二人も撃たれたことになるのかしら？」

私たちは考え込んだ。

「そのマスクをした男の話も、あんまりあてにはならないわね」

と古谷公子が言った。

「ええ、それはそうなんです。でも、父は死んだということだけは事実だと思います」

「いなくなって、ずっと連絡も何もないわけね」

「はい、父は母のことをとても大事にしていたようで、生きていれば、必ず何か連絡して来たはずです。それに、別に父は指名手配されていたわけではないんですから、身を隠す必要もないんですもの」

「それはそうね。でも、そのマスクの男の話が本当だとすると……」

「じゃ一体誰が撃ったわけ？」

と私は言った。「この学校に銃を持った警備員がいたわけじゃあるまいし……」

「そこなんです。母もそれは知りませんでした。私、そのことを調べたくて——」

「何か分ったの？」

「当時のことを知っている人は、事務長さんだけなんです。でも、そんな話をする機会はあまりないし、一度、それとなく話を切り出してみたんですけど、すぐに話をそらしてしまって――」

私は、静かに眠っている水面を眺めた。

「――大体、そんな重い鐘を盗もうなんて、誰かこの中のことを良く知っている人間でなかったら、考えないんじゃないかしら？」

と古谷公子が言った。

「私もそんな気がするの」

と私は言った。「内部の手引きがあって、中沢さんのお父さんや、何人かの男たちがここへ忍び込んだ。そして鐘を運びおろした」

「そこへ、院長先生のご主人が駆けつける。犯人たちの一人に撃たれてご主人が池に落ちる……」

「同時に中沢さんのお父さんも撃たれて池に……。そんなことってあるかしら？　それに、それをなぜ院長先生は黙ってたの？　見ていれば、警察に話してるはずだわ」

「そうね。二人も沈んでるなんて、初耳だわ」

「待って。警察の記録は？　当時の調書とか、そういうものが残ってるんじゃないかしら」

「調べてもらえるでしょうか」

と、中沢爽香が言った。

「当ってみるわ」

私は肯（うなず）いて、「どうせクビなんだから、何だってやっちゃうわよ！」
と言った。

11　池をめぐる秘密

「いや、大変な手間でしたよ」

応接室へ入って来ると、成田刑事が言った。

「申し訳ありません」

私は恐縮していた。

「そんなことはいいんです。私もあの件が気になっていたのでね。一度見直してみようと考えていたんですから。——ああ、尾形君、そこへ置いてくれ」

若い尾形刑事が、一かかえもある書類の束をドサッと床へ置いて、出て行った。

「これが……全部あの事件の？」

私は呆気(あっけ)に取られていた。せいぜいファイルの一冊、二冊くらいだろうと思っていたのである。

「そうです。ああ、いや、別にあなたがこれを全部読まれる必要はありませんよ。安心して下さい」

「どうも……」

私はホッとした。これを全部見ていたら、三日や四日は潰れてしまう。

「一応私がざっと目を通しました。あなたのお話と重ね合わせると、いくつか興味をひく点があります」

「どういうことでしょうか？」

「まず第一に、鐘の盗難——正確には盗難未遂ですね、そして当時の院長の岡江正次氏の殺害の事情については、亡くなった院長先生の証言しかないということです」

「その証言の中に、盗みに入った人が撃たれた、ということは含まれてないんですね」

「もちろんです。あくまで撃たれたのはご主人一人ということになっています」

と、成田刑事は言った。「しかし、実は、この点については疑問が残るのですよ」

「というと？」

「まず鐘を盗み出すという発想そのものが、あなたのおっしゃる通り、学校内の誰かが考え出したものという可能性が強い。でなければ、そんな重い物を運び出そうなどと、めったに考えるものではありません」

「そうですね」

「内部に共犯者がいたとすると、当然、見つかりにくい時間を選んだでしょうし、用心もしたと思うのです。音を立てて人に見付かるようなへまをするとは考えにくい。加えて、鐘を盗んで、古美術商に売りつけようという連中が、拳銃を持って来たというのが不自然だと思うのです。銀行とか、宝石店とか、警備が厳重で、防犯設備も整っている所を襲うというのならともかく、学校ですよ。しかも、ろくにガードマンもいない。そんな所へ拳銃を持って行くでしょうか」

「分りますわ」

「もし持っていたとしても、突きつけるだけで、まず用は足りるでしょう。だから、この点は疑問です」

「他にも何か？」

「近所の聞き込みの記録があります」

と、成田刑事は、分厚いファイルの一つを開いて、「事件の当時、あの学校の塀のすぐ外は農地でしてね、家が一軒だけポツンとたっていたんです。――その住人が、実は銃声を聞いているんです」

「間違いないんですか？」

「おそらく。時間的にも証言はほぼ一致しています」

「その人が聞いたという銃声は……何発ですか？」

と私は訊いた。

「一発です」

「一発。――つまり、院長先生の証言が正しければ、ご主人が撃たれた銃声ですね」

「そして、その――中沢といいましたか――女生徒の言う通りだとすれば、父親が撃たれた銃声です」

私と成田刑事は、しばし沈黙した。

「——どっちが正しいんでしょうか？」

と私は言った。

「待っていて下さい」

成田刑事は席を立つと、応接室を出て行った。私は、ホッと息を吐き出して、ぐったりと椅子に身を沈めた。何だか、ずいぶん疲れたような気がする。

二つの証言。——銃声は一発だけだった。

信頼度からいえば、結論は明らかだ。岡江院長の話と、盗賊の話と、どちらを信用できるか、比較するまでもない。しかし……どこかで、〈それでいいのか？〉という声がしている。——本当にその通りなのか？

「お待たせしました」

成田刑事が戻って来た。大きな写真を一枚手にしている。

「何の写真ですの？」

「これは、院長さんが自殺した、例の拳銃なんです」

と、写真をテーブルに置く。

あの黒々と光る、重々しい拳銃が写っている。そしてその下に、細長い小さなケースのようなものがある。そこには弾丸が並んでいた。

「お分りですか」

と、成田刑事は言った。

「いいえ。何が……」

「この拳銃には、弾丸が一発、こめてあっただけです。むろん、自殺するのには一発あれば充分ですがね。——このケースに弾丸が入っていたと考えられます」

と成田刑事は写真のケースを指さして言った。「何発欠けているか分りますか」

「——二発、ですわ」

「そう。隙間から見て、二発、使われている。これはどういうことでしょうか？」

「つまり……一発は院長先生が自殺するのに使われ、もう一発は……中沢爽香の父親を撃つのに使われた……」

私は呟くように言った。

「そう考えるのが自然でしょうね」

「じゃ、院長先生は嘘をついていたんですね」

「断定はできません。しかし、その可能性は強い。少なくとも、鐘泥棒が拳銃を持っていた、という話よりは信じられます」

「そうなると池の底の死体は——」

「果して、そもそも池の底に死体があるのかどうかも分らないのですよ。それは院長さんの証言だけでそう言っているのですから」

「捜したのでしょう？」

「当時は、それほどの技術もなかったし、院長さんの証言を信じて、底の泥にはまって、鐘の下になったのだとしたのです。もちろんさらってみたりはしたでしょうがね」

「殺されたのがどちらでも、いずれかの死体は池に落ちたんでしょう」

「おそらくはね。そして、それはたぶん、その中沢という女生徒の父親でしょう」

「ということは――」

と私は言った。「院長先生のご主人は殺されなかった――生きている、とお考えなんですね？」

「生きていたと思っています」

と成田刑事は言った。

「どういう意味ですか、それは？」

「アパートで殺されていた男――狭山一夫と名乗っていた男、あれが院長さんのご主人だったのではないかと思うのです」

と成田刑事は静かな口調で言った。

「池をさらう？」

と、小牧忠男は私の話に目を丸くした。

「本当にやるのかい？」

「警察はその気よ」

と、私は肯いた。

「そうか。しかし、思い切ったことをやるなあ」

私たちは、駅前の喫茶店で会っていた。今日はまだ授業がない。実際のところ、学校の今後の運営をめぐって、教師や理事の間で、延々と話し合いが続いているのである。

「学校側は知ってるの」

と小牧が訊いた。

「全然。それどころじゃないのよ、今は。私は辞職組だから、気が楽だけど」

「そうか。じゃ、どうせなら、教師辞めて、結婚しようよ」

「私はずっと教師を続けるの。あなただってそれでいいって、この間は——」

「分ってる。言ってみただけさ」

と、小牧は苦笑した。「——しかし、警察の方は、学校の許可を取らなきゃいけないんだろう?」

「当然そういうことになるでしょうね。今は内部での許可を取ろうとしているようよ」

「なるほど。結構大がかりになるだろうからな」

「きっとマスコミがかぎつけて来るわ。〈伝説の鐘、浮上!〉とかいってね。絶好のネタじゃない?」

「その、院長さんのご主人が生きてたってのは本当なのかな」

「推測よ。でも、それなら、ご主人の死で院長先生がショックを受けて自殺したというのも分るわ」

「でも、死体を見付けたときは平気だったんだろ？――あ、そうか。最初君が見たのは別人だった」

「あるいは死んだふりをしていたのよ。たぶんそうだと思うわ。ところが、後で、本当に殺されたのを知った。それで、ニュースを聞いてあんなに青ざめたんだわ」

「そうだとすると、最初死んだふりをしたのは何のためだい？」

「分らないわよ、そんなこと」

と私は肩をすくめた。「ともかく、何か目的があって、院長先生もそれを知ってたのよ」

「どうも院長さんも、色々と複雑な事情のある人だったようだね」

「誰だってそうよ。大人ならみんな、当り前じゃない？」

「後のことが心配だな。学校が移転するとしても、今度のことであれこれ言われるだろう」

「そう。現に生徒を退学させる親も出ているしね。でも、ほんのわずかよ。それに、院長先生が殺人犯でないと分れば、ね。――ただ、最終的に、克二さんがあそこを売る決心だとしたら、移転は避けられないでしょうね」

と私は言った。

もう、辞めざるを得ないのだから、どうでもいいようなものだが、そこは、普通のサラリーマンのように会社が潰れてよそへ移るのとは違って、生徒たちのことが、教師には気にかかるのである。学校が閉校ということになって、本当に〈失業〉するのは、教師ではなく、生徒たちなのだ。

学校での話し合いはどうなっているだろう、と私はぼんやり考えていた……。

学校へ戻って、門を入ってびっくりした。

小型トラックが停っていて、作業服姿の男たちが五、六人、色々と測量器具らしきものを手に、忙しく動き回っているのだ。

「おい、こっちだ！」

「その間、測っとけよ！」

といった声が飛ぶ。

「この池は大変だな」

「ポンプでくみ上げて、土を運んで来て埋めなきゃならねえぞ」

池の方から、そんな話し声も聞こえて来た。校舎を見ると、窓に生徒たちの顔が並んでいる。表情までは見えなかったが、何だか面白がっているようにも思えた。

校舎へ入って行くと、事務室の女の子が、一人でオロオロしている。

「どうしたの？」

と声をかけると、

「あ、迎先生！」

と、ホッとした様子で、「どうしましょう。あの人たち、どんどん入って来て、何やら始めちゃったんです」

「誰かいないの？　事務長さんは？　克二さんでもいいわ」

「皆さん、お出かけです」

「全員？」

「そうなんです。どこだか――レストランに行って食事をしながら一息つくからって」

「全員、揃って行ったの？」

「はい。克二さんが、案内するからとおっしゃって……」

知っていたのだ、と私は思った。岡江克二は、ちゃんと知っていて、教師や理事たちを連れ出したのだろう。その間に、不動産会社か、それとも、あれは建設会社の人間かもしれないが、ともかく測量を、邪魔の入らない内にやらせてしまおうとしたのに違いない。――全く、何という男だろう！

「どこのレストランか分らないの？」

と私は訊いた。

「ええと……何だか、この坂の下をずっと行って、団地の方の焼肉の店だとか。でも、店の名前も、電話も分らなくて――」

「焼肉の店ね。分った。捜してみるわ。あなた、万一、誰かから電話でもあったら、このことを知らせるのよ」

「分りました」

私は校舎を飛び出すと、門に向って走った。誰も私の方へ注意を向ける者はないようだった。

しかし、革の靴で坂道を駆け降りるというのは、容易ではない。別にハイヒールではないが、それでも、コトコトと小刻みな歩幅で降りて行くしかなかった。苛々するほどだが、急げば転びそうである。

「先生！」

と声がして、キーッときしむ音がした。

振り向くと、中沢爽香が、自転車で降りて来る。目の前でブレーキをきしませて停ると、

「後ろに乗って下さい」

「ええ？　でも、危ないわ！　こんな急な坂なのに」

「大丈夫！　私の腕を信用して下さい」

と、中沢爽香はにっこりと笑った。

「頼むわよ。お嫁に行く前に死にたくないからね」

と、後ろにまたがる。

「しっかりつかまって！」

と、叫んだときには、もう自転車は加速度をつけながら、動きつつあった。

私は中沢爽香の体に抱きつく恰好で、目をつぶった。ぐんぐん速度が上る。耳元で風が唸りを立てた。髪がはためく。

このままバス通りへ突っ込んで、大丈夫なのかしら？　もしバスと出食わしたら？　まず一巻の終りだろう。

しかし、心配している時間も、さほどなかった。キキーッとブレーキが鳴って、ガクン、ガクンと自転車に抵抗を感じた。しかし、むろん、それぐらいでは停らない。もっとも、急に停ったら、こっちは前へ投げ出されてしまうだろうが。

シュッと風を切って、坂道が終った。ぐっと大きくカーブを切って、自転車は、車道の幅一杯に円を描いた。そして減速して停った。幸い、車は一台も来なかったのである。

「ありがとう……」

私は冷汗をかきながら自転車を降りた。

「いいえ。先生たちを捜しに行くんですか？」

「そうなのよ」

私が説明すると、

「ああ、そこなら分ります。たぶんあそこだわ」

と、中沢爽香は肯いた。

「案内してくれる？」

「乗って下さい。連れて行きますよ」

「交通ルールは守ってね」

と、もう一度、またがりながら私は言った。

その店は、すぐに分った。——ちょっと北欧風にデザインされた店構えで、外からも、食事をしている教師たちの顔がいくつか見えている。

店へ入って行くと、古谷公子が気が付いて手を振った。

「迎さん！　ちょうど良かった。一緒にどう？」

私は進んで行って、

「それどころじゃないわ」

と言った。「みなさん、ご承知ですか。今、学校で土地の測量をやっているのを」

ざわついていたテーブルが、静かになった。私の視線が向くと、岡江克二が目をそらした。渋い顔だ。やはり、彼がお膳立てしたのに違いない。

「——向井さん」

と、高田百合が言った。「それは本当なの？」

「ですから、お知らせに来たんです」

「そんな——」

「まだ売ると決ったわけでもないのに」

「強引だ！　騙し討ちじゃないか」

と、腹立たしげな声が方々から上る。

高田百合が立ち上ると、岡江克二の方へ向いて言った。

「克二さん！　すぐに行って止めてちょうだい。大体、許可もなしにそんなことをするなんて――」

「僕が許可したんです」

と、岡江克二が言った。

誰もが、一瞬顔を見合わせた。その間に、岡江克二は立ち上って、

「いいですか！　もう話は沢山です！　散々話し合って決ったことは何ですか？　母の遺志を尊重する。これまでの教育方針を変えない。――たったこれだけじゃないですか。時間のむだというもんですよ」

「克二さん、あなたは――」

高田百合が頬を紅潮させて言いかけると、岡江克二は遮った。

「お説教はやめて下さい。みんな目を覚まさなきゃいけない！　あの学校は、今のままじゃ、遠からず破産ですよ。それが分らないんですか？」

と、みんなの顔を見回す。「学校を続けたいのなら、方法はただ一つ、あそこを売って、移転させることです。そして生徒数も増やし、月謝も上げる。理想よりも、その前にまずそれに必要なものを揃えることです。――僕はここで言っておきますよ。あの土地はもう不動産屋へ売ると決めました」

誰も、何も言わなかった。彼の強硬な意見に圧倒されているのだ。今まで、至っておとなしくしていた彼だけに、みんなもびっくりしているのだろう。

「ご意見もないようですね」

ちょっと人を小馬鹿にしたような笑みを浮かべると、「じゃ、どうぞごゆっくり。僕は測量の様子を見て来ます」

と言って、平然と店を出て行ってしまった……。

しばらくは、誰も動かなかった。

店の中は、重苦しい沈黙に包まれて、ただ肉や野菜の焼ける音が、それをかき回していた。店の女の子が出て来ると、

「あら、早く召し上らないと、みんな真っ黒こげになっちゃいますよ」

と呑気に声をかけて来た。

「——そうだ。食べましょうよ」

と、誰かが言い出した。「今さらじたばたしたって始まらない」

一人が食べ始めると、一人、また一人、とためらいがちにはしを取った。——これじゃだめだわ、と私は思った。

みんな自分が先頭に立って、移転を阻もうというほどの信念はないのだ。まあ、決っちまったことは仕方ない、というところなのだろう。私には関係ないことかもしれなか

ったが、どうにもやり切れない気分で、その場に立っていた。

突然、古谷公子が立ち上った。

「これでいいんですか！」

とみんなの顔を見回し、「あれだけ話し合って、みんなで学校を守って行こうと決めて、迎さんや、何人かの方には、辛いけれど辞めていただくことまでやって……。それなのに、こんなにあっさり諦めてしまうんですか？」

古谷公子は頰を紅潮させて言った。

「しかしねえ……」

と教師の一人が言った。「まあ、中途半端な合理化よりは、思い切って移っちまうというのも、一つの手だと……」

「そう。克二さんの考え方も一理あるよ」

「何しろ古いからねえ、あの校舎は。冬は寒いし、生徒たちも可哀そうですよ」

「寄宿制なんていうのも時代錯誤といわれればその通りで――」

あちこちから、ポコッ、ポコッ、とあぶくのように意見が出て来る。

「そんなこと、一度もおっしゃらなかったじゃありませんか！」

と、古谷公子は本当に頭に来た様子で言った。「そんな意見をお持ちなら、なぜ会議のときにおっしゃらなかったんですか！」

「それは……」

「後で色々と考えて、意見が変るってこともあるでしょう」

「そう、意見が変っても、それは悪いことじゃない……」

高田百合が、いきなり、バンとテーブルを叩(たた)いた。皿が一瞬飛び上って、みんな仰天した。一番仰天したのは、店の人だったかもしれない。

「恥知らず！」

と高田百合は立ち上ると、叫ぶように言った。「院長先生が亡くなったばかりで、よくそんなことが言えますね！　私が許しませんよ。そんな勝手な真似は、私がさせません！」

そして、椅子が倒れるのも構わず、店を急いで飛び出して行った。続いて古谷公子も。私も後を追った。

表に出ると、中沢爽香が手を振った。何と、タクシーが停っている。

「あの坂、上るの大変ですよ。ちょうど空車来たから、使うと思って」

「ありがとう！」

高田百合がタクシーへと駆け寄った。古谷公子と私も続いて乗り込み、タクシーは走り出した。

「本当にあてにならない連中ばっかり！」

高田百合は、吐き捨てるように言った。

「あんなものなんですね」

と、古谷公子が言った。

「向井さん、あなた辞めなくていいわよ。あの連中に辞めてもらうから、充分人減らしできるわ。バットで叩き出してやる！」

高田百合は、本当にやりかねない感じであった。

タクシーが校門の前で停ると、高田百合は、作業をしている男たちと、そのそばにいた岡江克二の方へと、大股に歩いて行った。

「待ちなさい！」

高田百合の声はものすごかった。空気を震わさんばかりで、作業をしていた男たちも一瞬手を止めて、目を丸くしてその大声の発生源を眺めた。

「とっとと出て行きなさい！　この学校は動きませんよ！」

高田百合が池の方へずかずか歩いて行き、クルリと振り向いて、仁王立ちになった。それはまるで池の主――といっても妖精といった可愛いムードでなく、まあたとえていえば大なまずか、がまガエルといったところだが――が現れて、立ちはだかっている、という図であった。

「高田さん」

岡江克二が、苛立ちを見せて、「馬鹿なことはやめて下さい。そんなことをしたってむだだ。僕はやりますよ」

「やるなら私を池に突き落としてからになさい」

と高田百合は、いささかも動じない。

岡江克二の顔が青ざめた。――作業に来た男たちがみんな、彼がどう出るか、見守っているのだ。

岡江克二は、彼にも意地というものがあるだろう。

岡江克二は、高田百合の方へ歩いて行った。

「どきなさい！　邪魔するな！」

と、ややヒステリックな声を上げる。

「何をキャンキャン吠えてるの。私はあなたが赤ん坊の頃から知ってるのよ。ちっとも怖くなんかないわ」

高田百合は平然と言い返した。

「この土地は僕のものだ！」

「理事会の承認がいるわ」

「理事なんてどうにでもなる。あんたをクビにするのだって簡単なんだぞ。役立たずののろまのくせに、何を威張ってやがる！」

段々、声が震えて来る。さすがに高田百合も青ざめたが、

「何とでも言うがいいわ」

と、静かに言った。「あなたにはお母さんの血は一滴も流れてないようね」

「こいつ――」

危ない、と思った。私は駆け出した。同時に岡江克二が、高田百合を力一杯突き飛ば

していた。

「やめて！」

と私は叫んでいた。

事務長の体が大きくのけぞって、池の中へと水しぶきを上げて落ちる。同時に岡江克二は振り向いて、

「作業を進めろ！」

と怒鳴っていた。

「何てことを――」

私は彼をにらんだが、今はそれよりも水に落ちた高田百合を引き上げなくてはならない。

水面からポカッと、高田百合の顔が出た。

「事務長さん！」

高田百合がこっちへ泳いで来た。私は、膝（ひざ）まで水に浸（つか）りながら、手をさしのべた。水は猛烈に冷たく、刺すようで、たちまち感覚が失われてしまう。

「大丈夫ですか！」

と私は叫んだ。「もうちょっとですよ！」

「大丈夫よ……これぐらい……」

喘（あえ）ぎ喘ぎ、浅い所へ来て、高田百合は足をつけて起き上った。「ああ、目が覚めた」

私は思わず笑いながらその手をつかもうとした。――突然、高田百合が心臓のあたりに手を当てて、目をカッと見開いた。

「事務長さん！」

高田百合は苦しげに二、三度呻いたと思うと、そのまま仰向けに、水の中へ倒れた。水しぶきが上る。

「しっかりして！　誰か！」

私は叫びながら夢中で水の中へ入って行った。腰まで水に浸りながら、高田百合の体をつかまえる。――しかし、何しろ重いのだ。水の中、それもこの凍るような冷たさで、思うように動けない。

「誰か来て！」

と叫んだ。

どこからか、走って来た男が、勢い良く水の中へ飛び込んで来た。成田刑事の部下、尾形刑事だった。

「僕が頭を――足をかついで！」

「はい！」

二人して、高田百合をやっと地面に横たえた。成田刑事がやって来ると、

「今、パトカーで来ています。すぐに病院へ運びましょう」

と、高田百合の上にかがみ込んだ。

「——大丈夫かしら？」

「このお年齢で、冷たい水へ落ちれば心臓をやられて不思議じゃありませんよ」

成田刑事は、ついて来ていた警官を呼んだ。「急いで病院へ運べ！　——まあ、大丈夫だと思いますが。おい、尾形、お前も戻れ。その濡れた服のままじゃ、風邪をひく」

成田刑事は、そばで青ざめて立っていた岡江克二の方を向いた。

「暴行罪になるところですぞ。それとも、悪くすれば殺人未遂に」

「僕は別に……」

「ともかく、この池を警察で調査することになりました。それまで、関係者以外の立ち入りは禁止します」

警官が数人、池の周囲に回った。

「——調査ですって？」

と、岡江克二は訊き返した。

「そうです、もう令状も取ってあります」

成田刑事は、私の方を見て、「迎さん、着替えた方がいいですよ」

と言った。

「ええ。——いつ、池の調査を？」

「すぐにも、と思いましたが、色々、道具も必要です。明後日から始めます。鐘も引き上げることになるでしょう」

「そして、池に沈んでおられる、あなたのお父さんの遺骨も、見つけたいと思っています」

「鐘も、ですか」

岡江克二は、じっと成田刑事を見つめた。

「——父の？——でも、何のために？」

「引き上げたくないのですか？」

「いや、別に……。どっちでも構いませんが——」

「二十年もたっているのですから、ちょっと難しいでしょうがね」

と、成田刑事は言った。「ともかく、池の周囲に一応ロープを張らせていただきます。今夜と明日、警官が監視に当ります。ご了解願いますよ」

「それはもう……」

「では」

成田刑事が私の肩へ手をかけた。「大丈夫ですか？　早く部屋へ戻られた方がいいでしょう」

「ええ。事務長さんがどこの病院に入ったのか、後で教えて下さいませんか」

「もちろん、お電話します」

「——本当に、ひどい人だわ」

林の中を、校舎の方へ向って歩いていると、背後で、

「わあっ！」

と叫び声がして、続いて何かが水に落ちる音がした。

振り向くと、古谷公子が私の方へ手を振って見せた。

「突き落としてやったわ！」

池から岡江克二が這い上るところだった。古谷公子はパッパッと手を払って、ニッコリ笑った……。

12　一枚の紙片

幸い、高田百合の発作は大したこともないようだった。

もともと少し弱くなっていたとかで、本人は多少自覚していたらしいのだが、発作らしきものは、今度がはじめてのことらしかった。

「——ねえ、お見舞に行ってみる？」

その晩、寝る仕度をしていた私は、古谷公子に声をかけた。

「そうね。行きましょうか」

「どうせ明日も授業はないんでしょ？」

「明日は、何だか父兄が来るそうよ」

私はベッドに入って、

「父兄が？　何しに来るの？」

「父兄代表が、理事と話し合いに来るんですって。でも、ちょっとおかしいのよ」

「何が？」

「教師たちの会合で、何か意見が出ると、克二がすぐに『父兄との話し合いの結果を見ましょう』って返事してたの」

「ついに呼び捨てなの？」

「〈克二〉で充分よ。人間扱いされてるだけでいいと思わなきゃ」

私はつい笑ってしまった。

「――つまり、そうやって逃げてたわけね」

「そう。変だと思わない？　後で克二がここを売る決心をしてると聞いてね、父兄との話し合いに、どんな意見が出るか、きっと分ってるんじゃないかと思ったの」

「つまり、根回ししてるってこと？」

「でなきゃ、あんなこと言わないと思うのよね」

「どうやって、父兄を選んだの？」

「知らないわ」

と、古谷公子は肩をすくめた。

私はちょっと考えて、ベッドに起き上った。

「調べてみましょうよ」

と、起き出して、パジャマの上に、ガウンをはおった。「まだ事務室に誰かいるかもしれないわ」

「そうね。行ってみるか」

古谷公子も楽しげに起き出して来た。

二人で事務室のドアを開けると、まだ明りが点いていて、女の子がソファでウトウトしている。

「起こすの可哀そうね」

と私は言った。

「このところ、てんてこまいだもの、事務室は。でも心を鬼にして——」

しかし、鬼にするまでもなかった。頭を支えていた手が、ガクッと外れて、女の子はハッと目を開いた。

「あ——迎先生と古谷先生。おはようございます」

「まだ朝じゃないわよ」

と、古谷公子が笑いながら言った。「ねえ、明日、父兄がみえるでしょ？」

「ええ。午後一時です」

「誰と誰に案内が行ってるか、分る？」

「分りますよ。私が電話したんですもの。——待って下さいね」

と、女の子が、机の引出しをかき回し、メモを取り出す。「これです」

見ると、二十人くらいの父兄の名が並んでいる。なぐり書きのような字である。

「このメモは誰が？」

「克二さんです」

私と古谷公子は顔を見合わせた。きっと、自分に都合のいい発言をすると分っている父兄だけを呼ぼうとしているのだ。

「――二、三人は知ってるわ」

と、古谷公子は言った。「確か克二の個人的な知り合いのはずよ」

「ふーん。ずいぶん汚ないことをするのね」

と私は言った。

「何とかしなくちゃ」

「それなら――他の父兄にも声をかけたら？」

「全部？」

「そうよ。二人でやれば、何とかできないことないわ」

「そうね！」

と、古谷公子は目を輝かせた。

「三人にして下さい」

と、話を聞いていた女の子が言った。「私も移転なんて反対です」

「いいわよ。じゃ、早速かかりましょ。名簿を出して。三冊！――じゃあなたは一年、私は二年をやるわ」

古谷公子は大張り切りである。

事務室の三台の電話をフルに使って、私たちは、次々と父兄の自宅へ電話を入れて行った。

たっぷり二時間かかって、終ったときは三人ともぐったりとしていたが、大分手応えはあった。

「少なくとも今かけた内の三十人は来ると思うな」

と古谷公子は言った。

「これで、いい結果が出るとは限らないけどね」

「いいのよ。ともかく、あの克二の思い通りに事が運ぶのなんてしゃくだもの。それをかき回してやるだけで、充分よ」

「じゃ、これで明日の結果を待つしかないわね」

と、私は言った。

眠りは、浅かった。

なぜかは分らない。ただ、自分でも、眠っていながら、何だかすぐに目の覚めそうな気がしていて、果して本当に眠っているのやら、確信がなかった。

ドアを軽く叩く音で、目が覚めた。いつもなら、こんな音で目を開かないのだが。

暗がりの中で起き上る。――まだドアを叩く音がした。古谷公子はぐっすり眠っているようで、深い寝息が聞こえている。

私はベッドを出て、スリッパをつっかけると、ドアの方へ歩いて行った。ドアを開けると、生徒の一人が、ガウンに身を包んで立っている。

「どうしたの？」

訊きながら、私はその生徒が、中沢爽香と同室の子だと気付いた。

「あの……中沢さんがいないんです」

と、その生徒が言った。

「いない？」

「ええ。九時頃、お風呂に入って来ると言って、出て行ったんですけど、戻って来ないんです」

私は、部屋の中へ戻って、枕もとの時計を見た。夜中の一時である。

「——お風呂場は？」

「見て来ました。でも、いません」

「変ねえ」

「服もないし……。どこへ行っちゃったのか心配で」

私は、ちょっと考えて、

「分ったわ。何とかするから、あなたは戻っていなさい。もし中沢さんが帰って来たら、知らせて」

「はい」

生徒が行ってしまうと、私は急いでパジャマを脱ぎ、服を着た。コートをはおって、部屋を出る。——途中、念のために図書室を覗いてみたが、そこにも中沢爽香の姿はなかった。

どこへ行ったのだろう？——もう外はかなりの寒さである。しかし、行かないわけにもいかなかった。

池の方へ歩いて行くと、

「誰ですか？」

と、懐中電灯の光がこっちを向いた。

警官である。

「あの——教師です。生徒が一人、部屋にいなくて……」

と説明して、「ここへ来ませんでしたか？」

と訊いてみた。

「いや、気が付かなかったなあ」

その警官は首をかしげて、「おーい！」

と、池の反対側にもう一人立っている警官を呼んだ。

空気は冷たく、息の白さだけが、夜の闇の中で渦を巻いている。

「女の子が？」

とその警官は言って、「じゃ、もしかすると、あれかな」

「ご存じなんですか？」

「いや、さっきね、何か音がして、校門の方を見ると、自転車のライトみたいなものが、チラッと見えたんですよ。でも、はっきりしなくてね」

自転車。――おそらくそれだ。

私は礼を言って、その場を離れた。門を出て、坂道を降りる。予期していたので、スポーツシューズをはいていたのが、幸いであった。――空気は冷たかったが、風は静かになっていて、大分楽だった。

坂を降りて、もちろん、バスはもうなくなっているので、駅の方向へと歩き出した。少し行くと、幸い、タクシーが一台後ろからやって来た。駅前から客を送って行った戻りだろう。

乗り込んで、私は、高田百合の入院している病院の名を告げた。――夕方、会ったとき、中沢爽香が、事務長の病状をひどく気にしていたこと、そして、病院の名まで私に訊いたことを、思い出したからである。

何をしに、こんな夜中に病院へ行ったのか。そこまでは知る由もなかったが、ともかく、中沢爽香がそこにいることだけは間違いなかった。

病院も、もちろん正面の入口は閉まっていて、急患専用の出入口が、ポッカリと明るく浮かび上っている。

私が歩いて行くと、受付の中から、看護婦が顔を出した。

「何かご用ですか？」

「実は、高田百合の病室に――」

私が、身分証明書まで見せると、向うは快く通してくれた。幸運だった。ちょっとやかましい人なら、とても入れてくれまい。

「眠っていたら、起こさないで下さいね」

と、その看護婦が、歩き出した私に声をかけて来た。

病室はすぐに分った。——一人部屋に入っているらしい。ノックしても仕方あるまい。私は静かにドアを開けた。中沢爽香が立っていて、驚いたように私を見た。

「先生……」

「黙って抜け出しちゃだめじゃないの」

と、私は言った。

「すみません」

「——事務長さんは？」

と私は訊いた。ベッドが空だったからである。

「おかしいんです」

「おかしい？　何が？」

「私、十五分くらい前に、来たんです。受付の人がちょうど電話に出ていたので、こっそり通って。ここへ入ると、事務長さんが目を覚ましていました」

「それで？」

「私——事務長さんの話をぜひ聞いておきたかったんです」

「鐘が盗み出されそうになった日のことね。鐘が沈んだ日、というか……」

「ええ。それで、明後日は池の調査でしょう？　その前に、何とか事務長さんの口から、話を聞きたかったんです」

「事務長さんにそう言ったの？」

「ええ。――そうしたら、しばらく目をつぶって。まるで、眠っちゃったみたいなので、私、声をかけようとしました。そうしたら、目を開いて、話してあげるから、悪いけど、お茶を飲みたい、と……。それで、私、湯沸室を捜して、お湯を沸かし、お茶を淹れて持って来たんです。そうしたら、ベッドは空でした」

私は、ベッドへ近寄って、手を入れてみた。多少温もりがある。

「どれぐらい前のこと？」

「せいぜい――五分です。手洗いにでも行かれたのかと思って、待ってたんですけど」

「それにしても遅いわね。ここにいて。見て来るわ」

私は廊下を往復して、洗面所やトイレ、階段などを覗いてみた。しかし、どこにも高田百合の姿はない。

「だめだわ」

と、病室へ戻って、私は言った。「どこにもいない」

「服がありません」

と中沢爽香が言った。

「服が？」

「今、気が付いたんです。さっき入って来たとき、事務長さんのワンピースが、その壁のところにかかっていたんです。それが失くなってます」

ということは――高田百合は、病院を出て行ったことになる。あんな体で！　いくら発作がおさまったといっても、無理は禁物のはずなのに。

「困ったわね。ともかく、病院の人に知らせなくちゃ」

「でも、どうして事務長さんが……」

「あなたが話したのは、それだけ？」

「ええ。明後日の池の調査のことだけですけど」

それは、高田百合が発作を起こして運ばれた後で、成田刑事が言ったことだから、彼女には初耳だったろう。それにしても、真夜中に病院を抜け出すほどのことだろうか？

私は漠然とした不安に捉えられたまま、病院の受付へと急いだ。


「もしもし」

と私は言った。「古谷さん？」

「迎さん？――どう、そっちは？」

と古谷公子の声。

私は、病院の廊下にある赤電話でかけていた。夜中の三時をもう回っているので、大声は出せない。他の患者に迷惑だからだ。

「捜してくれてるけど、見付からないの」

と私は言った。「そっちはどう？」

「今のところ戻って来た気配はないけどね。一応表のお巡りさんたちにも話してあるから、一人は門の所に立ってくれてると思うわ」

「そう。——今のところ、他にどうしようもなさそうね。あ、中沢さんは帰った？」

「ええ、さっきね。すぐに部屋へ行かせたけど」

「それならいいけど」

と私は言った。「じゃ、あなたも休んで。起こしてごめんなさいね」

「いいのよ。あなたこそ、参っちゃうんじゃない？」

「若いから平気」

「言うわね！」

と、古谷公子が愉快そうに言った。

受話器を置くと、すぐ後ろで、

「私はお仲間になれそうもありませんね」

と声がした。

「まあ、刑事さん」

成田刑事が立っていたのである。

「話を聞きましてね。詳しく話していただけますか？」

「詳しく、といっても――」

私が知っているだけのことを話すと、成田刑事はそっと顎をさすった。少し、のびたひげが、サラサラと音を立てた。

「やはり、池を調べるということでしょうね、もし事務長さんが出て行ったのだとしたら、その原因は」

「なぜでしょう？」

「分りません」

成田刑事は肩をすくめた。「ともかく、池の周辺の人員を増やしましょう。――そして、明日中に調査できないか、急がせてみます」

「明日中に？」

「どうもいやな予感がしましてね」

「つまり……事務長さんが何かしようとしている、と？」

「その可能性はあります。事務長さんは、院長先生と旧友でしょう。あの池の秘密を知っていたかもしれない」

「池を調べて、それが分ることを恐れて、病院を抜け出したんでしょうか？」

「そうも思えますね」

「でも――どんなことにせよ、今さら事務長さんには何もできないでしょう？　まさか、また、あの池に飛び込んで、底へ潜って何かを捜して来るわけにいかないでしょうし」

「それはそうです」

と成田刑事は言った。「が、何かを投げ込むことはできるでしょう」

私は、成田刑事の顔を、まじまじと見つめた。

「すぐに手配しましょう」

と、成田刑事は、病院の宿直室へと歩いて行った。

一体何を考えているのだろう？　私には、とても理解できなかった。


「——少し眠るかい？」

と、小牧忠男が訊いた。

「いいえ、大丈夫」

と言って、私はまた大欠伸した。

そろそろ昼になる。私は、駅の近くのレストランに、小牧に来てもらって、食事をし、コーヒーをもう三杯も飲んでいた。

「無茶するなよ」

と小牧は苦笑する。

「一日や二日の徹夜、何ともなかったのに。——もう若くないのね」

ゆうべ、古谷公子に言ったこととは矛盾するが、一夜明けると大分、気分も変っているものなのである。

「どこか、ホテルに行って二、三時間眠ったら？　起こしてやるよ」

「いやらしいことするからいやだ」

「馬鹿言え。僕がいつそんなことした？」

「眠ってる間、手を触れないって約束する？」

「するよ」

「つまらないの。やっぱりやめたわ」

小牧は笑って、

「君にしちゃ上機嫌だね」

と言った。「興奮してるんだな」

「いやらしいわね、本当に」

「誤解するなよ。君は、いよいよ明日、池の底から鐘が引き上げられるんで、興奮してるんだろう？」

「ああ、そうか」

と私も笑って、「そうかもしれないわ。——何だか惜しいような気もするけど」

「惜しい？」

「ええ。だって、謎って一つの魅力じゃない？　それが失われるのって、楽しみだけど、寂しいわ」

「その気持は分るね。しかし、今度の場合は、現実的な理由がある。殺人事件を放っておくわけにいかないものなあ」

「これで解決してくれるといいんだけど」

「あんまり首を突っ込むなよ。危ない目に遭うぜ、また」

「私を誰かが突き落とそうとしたことを言ってるの？　そうね、あれも謎の一つだわ」

「明日、死体が――というより白骨だろうな、それが引き上げられれば、殺されたのが誰か分るだろう。そうすれば後は自然にほぐれて行くんじゃないかな」

「楽観的ね」

「理論的と言ってほしいな」

「あ、そうだ」

私は席を立って、赤電話の方へ歩いて行くと、成田刑事へかけてみた。

「――やあ、迎さんですか」

「あの――どうですか、その後？」

「事務長さんは見付かりません。方々、当らせているんですがね」

「体は大丈夫なのかしら」

「病院にも手配してあります。ああ、それから、池の調査ですが、やはり明日しか用意ができないのです」

「そうですか」

「明日の午後、一時頃から始めるつもりです。今、どちらに？」

「外なんです。これから学校へ戻ります」

「何か分ったら連絡しますよ」

成田刑事は快く言った。

私は、もう一杯コーヒーを飲んでから、小牧の車で、学校まで送ってもらった。学校へ着いたのは一時少し過ぎで、そういえば、父兄との話し合いの最中のはずだ。

「ずいぶん車が停ってるな」

と、小牧がびっくりしている。「また葬式かい？」

「よしてよ、縁起でもない！」

私は彼をにらんだ。「──少し手前でいいわ。門の前は車で一杯だから」

車が停る。彼が私の肩を抱いて、キスした。

「このままどこかへ行く気があれば──」

「じゃ、また明日」

私は素早く車を出て、言った。「明日は見に来るでしょ？」

「そのつもりさ」

小牧の車がUターンして、坂を下って行くのを見送ってから、私は学校の方へと歩き出した。さて、どんな具合になっているだろうか。

今日はよく晴れて、暖かい日だった。その代り、夜中はかなり冷え込みそうだ。

校舎に入ると、どこからか、ざわめきが伝わって来た。色々やり合っているらしい。どこでやっているのだろう？

ちょうど廊下を、古谷公子がやって来た。

「あ、迎さん！　戻ってたの？」

「今、帰って来たの。何の騒ぎ？」

古谷公子はクスッと笑って、

「例の父兄との懇談会よ。大成功！」

「じゃ、大勢みえてるの？」

「出席者、七十名」

「ええ？　本当に？　それじゃ、大変ね！」

「見せたかったわ、入って来たときの克二の顔。自分の思い通りになる二十人だけが座ってると思ったら、何と七十人で、サロンは暖房のきき過ぎみたいにムンムンしてるわ」

「あわてたでしょうね」

「モデル答弁しか用意してなかったんでしょ、何か訊かれると、しどろもどろよ」

「でも結局は無駄でしょうね」

「そうとも限らないわ。たとえ移転したとしても、続々とやめる生徒が出たら、ここはやっていけないわ。少なくとも、新入生が来るまでは、何とか生徒を減らさないようにしなきゃならないでしょ」

「そうか。じゃ、克二さんはあまり強硬なことも言えないわけね」

「そう。ブレーキになるわよ。それに父兄たちも目を光らすでしょうしね。あれはグッドアイデアだったわ」

「多少でも、お役に立てば嬉しいわ。——さて、部屋へ戻るかな」

「覗いて行かないの？」

「いいわ。後で聞かせて」

私は、部屋へ戻ると、ベッドにゴロリと横になった。本当は、少し荷物の整理をするつもりだった。いずれにしても、おそらく、ここを去ることになるのだから、少し整理をつけておかなくてはいけない。

横になっていると、ついウトウトしてしまう。——ハッと目を覚ましたときは、一時間近くたっていた。

あわてて起き出し、顔を洗って、やっと頭がすっきりした。一時間でも眠ったので、大分楽になったようだ。

まだ下は、もめてるのかな、と思った。——財布を出して、忘れない内に、千円札を何枚か入れておく。夕食が外になるので、たぶん古谷公子と行くことになるだろう。

何やら、くしゃくしゃになったレシートが一つ出て来た。私は、割合にきちんと家計簿のようなものをつけるのが好きで、ついついレシートを財布へしまい込むくせがある。

広げてみると、駅近くの、スーパーマーケットのレシートだ。

「あんな所で買物したかしら？」

と私は首をひねった。

金額は三千七百六十円、安くない。しかも、合計でなく、一品の値段である。何だろう？

分らないと気にかかる。――何となく捨てる気にもなれず、眺めていると、ドアをノックする音がした。中沢爽香だった。

「先生、昨日はすみませんでした」

「いいのよ」

「まだ見付からないんですか」

「そうらしいわね。でも、あなたが心配することないわ」

「でも……」

「ちゃんとお部屋で自習してなさい」

「はい」

中沢爽香は、微笑んだ。――そのとき思い出した。

あのアパートから、院長と戻る途中、甘味喫茶に寄った。そこのレジのところで拾ったのだ。

「中沢さん」

と、私は、行きかけた彼女を呼び止めた。

「はい」

「あなたがお友達と甘いもののお店にいるとき、私と院長先生、事務長さんの三人でいるのに会ったでしょう。憶えてる？」

「はい。あの殺人のあった日ですね」

「そう。あのとき、前のスーパーへ入った？」

「いいえ。本屋さんと……文房具屋さんだけです」

「確かに？」

「はい」

「他の人たちは？」

「みんなずっと一緒でしたけど」

私はそのレシートを見せて、

「これ、あなた方のじゃないわけね」

「あの日の日付ですね。——でも、違います。これが何か？」

「いいえ、どうっていうことじゃないんだけど……」

「事務長さんじゃありませんか」

「どうして？」

「あのとき、みんなの分を払って下さいました」

そうか！——そうだった。すると、これは高田百合の買物だろうか？　しかし、あのとき、高田百合は、買物をしたような袋らしき物は、一つも持っていなかったのだ。

13　舞い上る鐘

夕方、私は、一足先に学校を出た。

父兄との会合は、結局四時近くまで、もめ続けた。そして、いかに強引な岡江克二も、子供の教育にかけては、親がいかに強硬になるかを、思い知らされたらしい。

ついに結論は出ずじまいで、来週にもう一度、会合を開くことになり、それまで、岡江克二は、勝手にこの学校の移転に関して、何一つ決定は下さないと約束させられてしまったのだ。古谷公子は大喜びだった。

そうなると、無責任なもので、昨日、焼肉屋で、岡江克二に賛成してもいいようなことを言っていた教師たちも、

「やはり、生徒と父兄の意志を尊重しなくては——」

などと言い出した。

流れが変ったのである。生徒たちも、そのニュースが流れると、いつもの通り、にぎやかに、騒がしくなった。

「じゃ、あのレストランで」

と、古谷公子と約束して、私は学校を出た。

もう五時近くで、すっかり陽は落ちていた。坂を下りると、バスで駅まで出て、私は、あのスーパーへと足を向けた。

スーパーは七時まで開いている。勤め帰りのＯＬや、主婦たちもまだ続々とやって来ていて、かなりの混雑である。三階まであって、一階の食料品が、何といっても一番の混み方だった。二階は衣類で、それほどでもない。

私はレジが空いたのを見て、急いで近寄った。

「ごめんなさい。ちょっとお訊きしたいんだけど――」

私は、レシートを出して見せ、「これはどこの売場のものか分る？」

と訊いた。

「何ですか？」

レジの女の子が、ちょっといぶかしげに私を見る。私は、帳簿をつけているので、何を買ったか知りたいんだ、と言った。

「じゃ三階へ行って下さい」

と、レジの女の子はうるさそうに言った。

「これは三階なの？」

「日用雑貨の売場です。その〈Ｋ〉っていう文字がそれなんですよ」

「ありがとう」

私は三階へ上った。——少しレジを見て回って、できるだけ親切そうな、少し年齢の行ったレジの係を捜した。これ、と当りをつけて、話をすると、レシートを眺め、

「ああ、ここのですね。——ええと、たぶん、その〈3〉と〈4〉あたりの品物だと思いますよ」

「ありがとう。捜してみるわ」

「一つで三千七百六十円ねえ……。何かしら」

　と考えている。

「捜しますから」

「待って下さい。——ねえ、望月さん！」

　と、大声で同僚を呼んだ。「この辺の品物のこと、何でも憶えてる、凄い記憶力の持主なんですよ」

　やって来たのは、何だか少しボケッとした感じの女性で、レシートを見ると、

「ええと、この日は、確か特売があったんですよね」

　と考えて、「——そう、三千七百六十円ね、これきっと、そうだわ」

　と、タッタッと棚の方へ歩いて行く。

　私も急いで後からついて行った。その女店員は、棚の一点へ、迷いもせずに進んで行った。

「これ、四千七百円の札になってますけど、その日は三千七百六十円で売ってたんです。

——これだったんじゃありません？」

その女店員が差し出したのは、万能ナイフだった。

「これがね……」

成田刑事は、私が買って来た——四千七百円だった！——ナイフを手にして肯いた。

「あの被害者を刺したのは、これじゃないかと思うんですけど。でも、こんなもので、人が殺せるんでしょうか？」

「充分ですよ。新しいものなら特にね。缶切りや栓抜きがついているからって、馬鹿にしたものじゃありません。——傷口の様子とも符合するようですね」

「それは調べられるんでしょう？」

「もちろんです。厳密に調べれば、ほぼ確かなところが出ますよ」

「でもちょっといやな気分ですわ」

と私は言った。

古谷公子と待ち合わせたレストランである。彼女は、遅れていて、まだやって来ない。その方が、私も気楽だった。

「まあ、事務長さんが犯人と決ったわけでもありません。気を楽にして下さい」

「ええ。——もし殺す気で買ったのなら、レシートなんか、取っておかないでしょうしね」

「それはむしろ逆です。たぶん、事務長さんは、いつもレシートを財布へしまい込む癖があったんでしょう。――これから人を殺そうと思っていれば、そのことばかりに気を取られていますから、つい、無意識に、いつもの通りにしてしまうものですよ」

成田刑事の言葉は、なるほど、と思わせた。

「でも、どうしてあのアパートを知っていたのかしら？」

「院長さんから聞いたとは考えられませんね。――たとえばメモのようなものを見たとか……」

「あ、そうか！　私、あそこの地図を書いて、院長先生に渡したんです。院長室にそれが置いてあったとしたら、事務長さん、年中出入りしてるから、見たかもしれません」

「そうだとしても、動機はつかめませんね。何とか、事務長さんを見付けて話を聞く他はないいな」

と成田刑事は言った。

そこへ、古谷公子が息を弾ませて入って来た。

「遅くなって！――あら、捜査会議なんですか？」

「いや、もう失礼するところです」

と成田刑事は笑いながら立ち上った。「では、これは拝借します」

「どうぞ」

「では、明日」

成田刑事が一礼して出て行く。

「どうしたの？　あの刑事さん、万能ナイフか何か持ってたじゃないの」

「栓抜きがないっていうから、貸してあげたのよ」

古谷公子が目をパチクリさせて私を見た。

何だか、いやな気分である。高田百合のことを密告したような……。しかし、もし本当に、高田百合が狭山というあの男を殺したのだとすれば、目をつぶるわけにはいかない。

だが、あのとき、高田百合に、あの男が殺せただろうか？　私と岡江院長がアパートを出て、あのスーパーへと戻る間に、高田百合が、あの男を刺して、スーパーへ先回りする……。

やって、できないことはないかもしれないが、かなりの早業である。心臓にも負担がかかっただろう。――あのレシートが、ナイフを買ったときのものに違いないとすると、まるで無関係な人が落としたとは考えにくい。もし、傷口があのナイフと一致したら……。

私は、むしろ、ナイフが傷口と一致しないでくれた方が気が楽だ、と思った。

「――いよいよね」

と、食事を終えて、コーヒーを飲んでいるとき、古谷公子が言った。

「そうね……」

何となく、食事の間は、二人ともその話には触れなかった。――そんなものだろう。

「でも大きな池だものね」

と、私は言った。「一日でさらい切れるとは思えないわ」

「それはそうね。それに……もし、見付かったとして、誰の骨か、なんて分るのかしら？　二十年も前なのよ」

「そうねえ。私も知らないわ。時間をかけて、あれこれ調べれば……」

「でも、何だか妙な気持がするわ。二十年前の殺人を調べて、もうずっと忘れていた罪を掘り起こすのが、何か意味があるのかしら？」

と古谷公子は言った。

私は、しばらく答えられなかった。もちろん、その目的は分っている。新しい殺人事件の真相を探るために、必要なことなのだ。

そうは分っていても、確かに古谷公子の言うことには、私も肯かないわけにいかなかった……。

「事務長さん、どこに行ったのかしら」

古谷公子が、一つ息をついて、言った。

私とて、それは気になっていた。しかし、もっと気にかかったのは、高田百合が、なぜ姿を消したのか、ということだった。あの体で、病院から抜け出すには、よほどの目的があったのであろう。――しかし、池には警官の目が光っていて、近付けないはずである。

——何だか、いやな予感がした。私は別に超能力の持主ではないのだけれど、今度ばかりは、本当に胸さわぎがしてならなかったのである。

明日の、池の調査を前にしての、ちょっとした不安のせいに過ぎないのならいいのだけれど……。

夜が更けて、私は眠れずに、ベッドで寝返りを打った。

薄明りで、時計を見ると、もう午前二時だった。ゆうべ、病院で徹夜してしまって、眠くてたまらないはずなのに、どうしても寝つけないのだった。——本当に、どうしちゃったのだろう？

「——古谷さん」

そっと声をかけてみた。返事の代りに、聞こえるのは静かな息づかい。私より、よほど度胸がいいらしい。

なおも何度か寝返りを打ってから、私は諦めてベッドに起き上った。——寒い。窓の外に風が唸っていた。窓が、完全に密閉できないので、冷たい空気が足下へ這い込んで来ている。私はちょっと身震いした。

厚手の靴下をはき、スリッパをひっかけて、ガウンをはおると、そっとドアを開けて廊下に出た。——廊下は静かで、寒々としていた。

風は入って来ないだろうが、それでも一瞬身震いが出た。

一階に降りて、図書室へと歩いて行く。――何だか、気味が悪いほど静かだった。もちろん、時間から言って、静かで当り前なのだが、いつもは多少、生徒たちの声が洩れているものだ。

今夜は、それも聞こえて来ない。

図書室のドアを開けて、明りを点けると、私は、ホッと息をついた。本に囲まれていると、それだけで何だか少し暖かくなったような気がするのである。

生欠伸をして、雑誌のつづりを手に、ソファに座る。別に、読みたいわけでもなかったが、ただ、こうして夜明けを待つつもりであった。ベッドで苛々しているよりはいい。

二、三ページめくったところで、ドアが開いた。私は目を見張った。

「あら、向井さん」

と、高田百合が言った。

「――事務長さん！」

「眠れないの？　よかったわ。あなたにでも話をしておきたいと思っていたの」

高田百合は、ソファの一つに、ぐったりと体を沈めた。

「事務長さん、顔色が……。お医者さんを呼びましょう」

と私は腰を浮かした。

実際、高田百合の顔からは血の気がひいていて、汗が少し浮いていた。

「いいの！――座って。私は大丈夫よ」

高田百合の言葉には、何か逆らいがたいものがあった。私はまたソファに腰を落とした。

「──事務長さん。あなたがナイフをお買いになったんですか？」

と私は訊いた。

「そう……。よく分ったわね」

高田百合は、ちょっと笑顔になって、「私があの男を殺したのよ」

「あの男は……本当は誰なんですか？」

高田百合は少し間を置いて、言った。

「──前の院長。岡江正次よ」

「院長先生のご主人ですね」

「そう」

高田百合は肯いて、続けた。「あれはどうしようもない男だったのよ。──この学校を創設するのにも、実際は、何もかも、奥さんが一人でやってのけたわ。ご主人の方は、坊っちゃん育ちのわがままな遊び人で。──そう、今の克二さんが本当にそっくりだわ」

「ここを出て行ったんですか？」

「出て行かざるを得なかった、というのが正確ね。──あのご主人は、賭け事に手を出して、学校のお金にまで手をつけたわ。私がそれを奥さんに話すと、さすがに青くなって、ご主人を問い詰めた。ご主人の方はふてくされて、プイとここを出て行ってしまったのよ」

「で、それきり？」

「いいえ、次の日に戻って来たわ。——鐘を盗みに、ね」

私は唖然とした。誰かが手引きしたに違いないと思ってはいたが、まさか、ご主人自身だとは！

「あの鐘を売り払って、お金にかえようというつもりだったんでしょう。何人か仲間を連れて運び出そうとしたの。でも、何しろ重い物だし、あちこちにぶつければ音もするし。——そして奥さんがそれを聞きつけて私を起こしたのよ。一緒に見に行こうということになったけれど、ともかく男手がない時で、女二人じゃ心細いわ。そのとき、彼女が、拳銃のことを思い出したのよ」

「それを持って行ったんですね」

「ちょうど、重い鐘を苦労して、運んでいるところだったわ。——奥さんは、ご主人の姿を見て、真っ青になったの。まさか、そんなことまでする人だとは、思っていなかったんでしょう」

「で、撃ったんですか？」

「ほとんど無意識だったんでしょう、引金を引いていたのよ。でも弾丸は、鐘をかついでいた、他の男の人に当ってしまった」

中沢爽香の父親に違いない。

「それで、他の連中は仰天して鐘を放り出した。鐘は、転がって、池の中へ落ちて沈んで行ったわ」

「撃たれた人は？」

「腕に当っただけで、その場にうずくまっていたの。ご主人が青くなって、殺さないでくれ、と哀願した。——情ない男ね、本当に。奥さんは、殺さないけれど、その代り、学校の名前に傷がつくのは困るから、名前を変えて、好きな所へ行ってくれ、と言ったわ。そして、世間には、ご主人が鐘と一緒に池に沈んだ、と思わせることにしたの」

「ご主人はそれきり姿を消して……」

「また現れたってわけね。〈狭山〉という名前で」

「でも——院長先生は、その名前に聞き憶（おぼ）えがあったようですけど」

「私が知らない内に、お金を送ってやっていたのよ。人に寄生してしか生きられない男だったんでしょう。それを知らされたのは、ごく最近だったわ。でも、この近くにはより付かなかった。ところが、今度の件で、不動産屋へ、院長の弱味を握っていると売り込みに行ったのよ」

「どうしてご存知なんですか？」

「駅の近くで見かけたの。いくらずっと会っていなくたって、分るわ。そして、あの不動産会社の人間に、しきりに何か話をもちかけていたわ。そうなれば、大体察しはつくじゃないの」

「それで何とかしようと……」

「院長はいくら何でもご主人を殺すことはできないでしょう。だから私がやらなくちゃならないと思ったのよ。――これからも、あの男はあれこれと食いついて来るに違いないもの。それに、この学校を守るためには仕方がなかった……」

高田百合は肩をすくめて、「別に後悔はしていないけどね」

と言った。

「でも――どうしてあの日にしたんですか？」

「あなたと院長が、あのアパートへ行くなんて知らないもの！　私はもとからあそこのことは、ちゃんと調べていたのよ」

「そうだったんですか……」

「私は、ナイフを買って、あのアパートへ行ったの。ところが、あなたがアパートの前をうろうろしてるじゃない！　びっくりしたわ。仕方なく裏へ回って、隣のアパートとの細い隙間へこの太い体で苦労しながら入って行ったの。窓から中を覗くと、院長が、ご主人に思い止まってくれと頭を下げていたわ。私、腹が立った。ご主人の方は、これで何百万のまとまった金が手に入る、と言って、それ以上出すなら黙っていてやってもいい、と開き直ったわ」

「ひどい人ですね」

「私はムカッとしたけど、じっと我慢して見ていた。すると、院長が、バッグからナイフを出して構えたの。『あなたを刺し殺して、私も死ぬ』と言ってね。ご主人はせせら笑って、『やれるものならやってみろ』と言ったわ。そして——院長がナイフを突き出したの」

「じゃ、刺したのは院長先生？」

「傷つけただけよ。ご主人の方はびっくりして、命だけは助けてくれと頭を下げたわ。血が出ているのも構わずに、畳に頭をこすりつけて……。一方の院長の方も、血を見ると、ショック状態というのか、呆然としてしまってね。——そこへあなたがドアを叩いたのよ。院長はご主人に『死んだふりをしていてくれ』と言ったわ。顔を見せないで、ともね。やはり、ここで自分が殺人犯として捕まるわけにいかない、と思ったんでしょう。ともかく何も知らないことにして、あなたにはあの男が死んでいたと説明して出て行った……」

「その後で、事務長さんが——」

「様子を見ていたのよ。ご主人の方は、一人になると、急いで傷の手当をして……。自業自得のくせに、目は憎しみで燃えていたわ。このまま、おとなしく引き退がるはずがない、と分ったの。むしろ、金だけのためでなく、院長に仕返しするために、何もかもしゃべってしまうでしょう。私は、少し間を置いて、表を回ってアパートに入り、彼の部屋へ入ったわ。向うは、私のことがちょっと分らなかったみたい。呆気に取られていたわ。私は一気にあの男を突き刺した……。院長が傷つけたところを、たまたま刺してしまったのよ。——そのまま倒れて、動かなかった」

高田百合はホッと息をついた。

「でも、なぜ院長先生は自殺を？」

「さあ……。あのご主人を愛してたとは思えないわね。死んだと知って、てっきり自分がやったんだと思ったんでしょう。だから、捕まるよりは、いっそ、と思って……。もう少し時間があれば、私がやったんだと話してあげられたのに、ね」

私は、黙っていた。——色々な思いが渦を巻いていた。

廊下の方で、何か騒ぐ声がした。高田百合は、物想いから我に返ると、

「憶えておいてね、私があの男を殺したってことを」

と言った。

バタバタと走る足音が入り乱れる。

「どうしたんでしょう？」

私は立ち上った。——廊下で、誰かが叫ぶ声がした。

「火事よ！——火事よ！　逃げて！」

私は息を呑んだ。高田百合が微笑んで、

「これでいいのよ」

と言った。

「事務長さん……」

「この学校を、あんな克二さんのような人間のものにはさせないわ。それぐらいなら、伝説を大切にして、焼き尽くしてしまうのが一番だわ」

　高田百合は満足げに言った。

　私は廊下へ出た。青白い煙が、一杯に漂って、その中を、咳込みながら、生徒たちがパジャマ姿で走り抜けて行く。

「走って！　早く外へ！」

　と、古谷公子が叫んでいた。

　私は駆け寄った。

「迎さん！　どこにいたの！　心配したわよ！」

「図書室に事務長さんがいるのよ」

「ええ？」

「火は？」

「調理場の方から。内装が木だから、どんどん燃えて来るわ。早く逃げないと――」

「消防車は？」

「連絡は行ってるけど」

「じゃ、事務長さんを連れ出さなきゃ」

　私は、煙にむせながら、図書室へ駆け戻った。――ドアが閉まっている！

ドアはびくともしなかった。私は、力一杯ドアを叩いて、

「事務長さん！」

と呼んだ。「開けて下さい！　早く！」

「迎さん――」

古谷公子が走って来た。「ドアの下――」

「え？」

足下を見て、ハッとした。白い煙が、図書室の中から這い出て来ている。――高田百合は、中で火を放ったのだ。

「危ないわ。逃げないと」

「でも……」

ドアの把手が熱くなっていて、私たちは、じりじりと後ずさりした。

ドーン、と太鼓を強打したような音がして、ドアが倒れて来た。そこは巨大なかまどのようだった。本ばかりの部屋は、アッという間に火が回ったろう。炎が渦巻き、唸りを立てて廊下にいる私たちの方へ、舌をのばして来た。

「とてもだめよ」

と、古谷公子が言った。

「そうね……」

私たちは息を止めて、ひどくなる煙の中を一気に突っ走った。温度は急速に上りつつ

あった。

外へ飛び出すと、急に冷たい外気に触れて、またひとしきり咳込んだ。生徒たちがずっと退がって固まっている。

「みんな、同室の人がいるかどうか、確認しなさい！」

と教師が叫んでいる。

振り向いて、校舎を見た私は、目を見張った。窓という窓から、赤い炎が吹き出して、夜をも焼き尽くそうという勢いだった。

「こんなに……」

と、思わず呟く。

「手のつけようがないわね」

と古谷公子が言った。

「ともかく、生徒たちを――」

と言いかけたとき、校門の方に赤い光が踊って、サイレンが風を貫いて鳴った。消防車だ。しかし、これでは、どうしようもあるまい。

私は門の方へと急いだ。消防車が二台、三台と乗り入れて来る。

「こりゃ凄いや」

「建物は石だから残るかな」

などと話している消防士の声が聞こえて来た。事務室の女の子が走って来た。また泊り込んでいたらしい。

「消火栓は？」

「分りません……。克二さんが知ってると思うんですけど、姿が見えないんです」

と私は訊いた。

「でも誰かが――」

「池の水を使うように言われてました」

池の水！　私は、思わず声を上げるところだった。

消防署にも、その連絡が行っていたらしい。消防士たちは、

「池はあっちだぞ！」

と叫びながら、走って行った。

風が強い。一段と唸り声を強めたのは、吹き上げる炎のせいもあったのだろうか。

少し離れて見ると、それはまるで壮大な壁画のようだった。闇の中に横たわる巨人が、火に包まれているようだった。

火の粉が飛んで来る。

「危ない！　退がって！　みんな、退がって！」

古谷公子の声が風を通して聞こえて来た。

「さ、私たちも、手伝わなきゃ」

私はそう言って走り出した。消防士たちが消火ホースを手に、校舎の方へ走って行く

姿が火に照らし出された。

——十五分ほどたったが、火の勢いは、一向に衰えなかった。一体何が燃えているのか、と首をかしげたくなるほどだった。

門の近くにいると、

「迎さん」

と声がした。

振り向くと、成田刑事が走って来た。

「刑事さん……。もう何もかも……」

と私は言った。

成田刑事も、その壮大な光景に一瞬息をつめ、ゆっくりと首を振った。

「事務長さんが火を点(つ)けたんです」

「——あなたは会ったんですか？」

私は、図書室での、高田百合の話を成田刑事に伝えた。

「そうですか」

成田刑事は肯(うなず)いた。「あのナイフは傷口にぴったりでした。確かに、事務長さんの言った通り、先に少し刺した傷が、ほぼ重なってついています」

「でも、私、納得できないところがあるんです。院長先生が、最初からナイフまで持ってあの男——ご主人を訪ねて行くのだったら、私なんか連れて行ったでしょうか？」

「それはそうですね」

「それに、事務長さんも、あの男を刺し殺して、私たちより先にスーパーへ行き着けたとは思えません」

「あの窓を出て、裏を行くと、多少は近いですがね。しかし、あの人には無理だったと思いますよ」

「それじゃ一体――」

「事務長さんは、もう一人の男のことを何と言っていました？」

「もう一人？」

「そうです。院長さんに撃たれた男のことですよ」

「それは――訊く暇がありませんでした」

「もし生きていれば、中沢爽香の父親はまだどこかにいることになりますね」

「生きているんじゃないでしょうか。腕に当ったと言っていましたから」

「その後、その男はどうしたのか……」

風が一段と強くなって、私は寒さに震えた。

「大丈夫ですか。私のコートを――」

「大丈夫です！――生徒たちが震えてるのに、私が着ているわけにいきません」

「どこかへ避難させましょう。火の粉が飛んで危険だ」

成田刑事が走って行った。――校舎の一角が炎の中に崩れて行く。火の粉が塊となって吹き上げて来た。

「――火が林に移るぞ！」

と、怒鳴る声がした。

校舎の端の窓から吹き出した炎が、林の枝へとのびていた。

「林の中の者は逃げろ！　門の方へ！」

叫び声が飛び交う。

「――手配しました」

と、成田刑事が戻って来て言った。「生徒さんたちを坂の下へ降ろしましょう。みんな凍えてしまう。今、車が来ます」

私はじっと、炎の舞を見ながら、

「真相は、どうだったんでしょう？」

と言った。

「事務長さんの話は真実らしく聞こえますね。少なくとも二度刺したところなどは」

「でも――」

「その話にもう一人加えたら、どうでしょうか？」

「もう一人？」

「事務長さんは、あなたと院長さんと別れると、すぐにナイフを買って、近道をあのアパートへ行った。むろん、自分の手であの男を殺すつもりだったのです。しかし、いざやってみると、少し刺しただけで、自分もその場に座り込んでしまった。そこへ、院長さんがやって来たのです。——院長さんは、あなたがアパートの前にいるのを知っていたから、窓から、事務長さんを逃がしてやった。そしてご主人の傷を手当してやった。——それを、もう一人、窓の外から見ていた人間がいたのです。院長さんはご主人に、手を引いてくれと頼みました。しかし、ご主人は聞こうとしない。二人は争って、院長さんがご主人を殴った。ご主人は傷口の痛みで気を失う。——そこへあなたがやって来たのです。院長さんは言いつくろってあなたと一緒にアパートを出る。その後、窓の外にいた人物は入り込んで、やっと意識を取り戻した、ご主人を刺し殺したのです」

「それは一体——誰ですか？」

「考えて下さい。この土地を売りたがっていた人間がいる。しかし、その人間は、学校の名に傷がつくことは絶対に避けたかった。つまり、学校を潰すのが目的ではなく、移して、手を広げ、儲けたかったのです。そのためには、院長のご主人が真相をぶちまけることは、何とか阻む必要があった。ここは売りたいが、しかし、そのためには、学校のイメージは大切にしなくてはならない。そうなれば、院長のご主人を殺す他はない。——お分りですか」

「克二さんが？」

と私は目を見張った。「でも、あのときは——」

「分っています。聞いて下さい。克二さんは、もう子供ではありません。院長さんも、父親のことを克二さんに話して聞かせていたのでしょう。——あなたが、狭山という男のことを院長さんへ話すのを立ち聞きした克二さんは——いや、直接、院長さんから、日曜日に会って来ると聞いたのでしょう。それを聞いて、克二さんは計画を立てた。あなた方が出た後で、あのアパートに行き、窓から中を覗いた。おそらく、それは、事務長さんが窓から逃げた後で、院長さんとご主人が話しているときだったと思います。ご主人が気を失う。あなたが来る。院長さんは、あなたを促して出て行く。——意識の戻ったご主人は、流れた血を拭いて、やっとの思いで座り込む。そこへ克二さんは入って行った。事務長さんが、ナイフを落として行ったのを拾っていたのだと思います。それで突き刺したのです！」

「でも……不可能だわ！　あのとき、例の、犬が死んだと言って怒鳴り込んで来た女の相手を、ずっとしていたんですよ」

「応接室の中でね」

と成田刑事は肯いた。「あの女が、克二さんに雇われたのだったら？」

「何ですって？」

「応接室へ閉じ込もって、女が一人でわめき立てる。その間に克二さんは窓から外へ出て、自転車で一気に坂を下り、アパートへ向う。——あなた方より先に帰り着くことは不可能ではありません。窓から応接室へ入って、ずっと女の抗議を聞いていたことにするのです」

「でも——校門から出入りすれば、目につきます！」

「ここにはこっそり出入りできる、塀の壊れた所がありますよ」

私は混乱して来て、口をつぐんだ。

「——実はその女のことを、調べたのです」

と成田刑事は言った。「不動産屋は、そんな女を使ってはいないと言っていました。保健所へ行きましてね、犬の死骸を、自分の飼っていた犬だと言って、引き取りに来た女がいたことが分りました。やっと見付けましたよ。——小さな劇団の役者でね、克二さんにお金をもらってやったと話してくれました。まさか殺人の片棒をかついでいるとは、知らなかったようです」

「待って下さい！」

と私は言った。「それじゃ……克二さんは、父親を殺したんですか？」

「父親といっても、他人と同じですよ」

「でも、母親に罪を着せようとしたのは……」

「いや、おそらく、そうではありません。それなら、もっとはっきり、院長さんを示す証拠を残して来たでしょうからね」

「では、何のためにそんな面倒なことを？」

「母親に移転を承知させるためです。何か母親の弱味を握る必要があった。傷ついた父親と院長さんが言い合っているのを見て、克二さんは、院長さんがご主人を傷つけたと思ったのでしょう。正に好都合です！――殺しておいて、その気になれば、いつでも母親がやったと密告できる。それで母親を動かすつもりでした。ところが――」

「院長先生は自殺してしまいましたわ」

「おそらく、院長さんは息子の犯行だと見抜いていたと思います。あそこへ行くと話をしてあったのでしょうから。だから、自ら罪をかぶって死ぬことにしたのです」

――私は、まだ燃え上っている校舎の方を見た。

「院長さんは、息子をかばって死にました。そして事務長さんは、院長さんがご主人を殺したものと信じていたのです。だが、自分ももう長くない、それならば、と、院長さんの罪を負って死のうと決心したのです。――なぜ火を放ったのかは分りません。池をさらわれて、一つの死体も出なければ、この学校の伝説は終りです。だから、火事で、何もかもを葬ってしまおうとしたのかもしれませんね」

私たちは沈黙した。――誰かが歩いて来た。岡江克二だ。

「ああ、刑事さんですね」

「大変でしたな」

と成田刑事は言った。

「いや、却って手間が省けましたよ」

と岡江克二は肩をすくめて、「これで移転に反対する奴はいなくなるでしょう。――じゃ、失礼」

私は、彼の後ろ姿を見送った。

「——明日にも逮捕状を請求します。逃げやしませんよ」

と成田刑事は言った。

私は、教師たちが集っている方へ、重い足取りで歩いて行った。古谷公子がやって来る。

「どこにいたの？」

「ちょっと刑事さんと話があって……」

と私は曖昧に言った。

まだ、詳しい話はしたくなかった。とても、何もかもを受け容れることができずにいるのだった。

「——まだ燃えてる」

「そうね。林に燃え移るかどうか、ってところらしいわ」

と古谷公子は言って、「——ねえ、迎さん」

「え？」

「あなたに謝らなきゃ」

「何のこと？」

「鐘楼の上で、あなたを突き飛ばしたの、私なのよ」

私は目を丸くして、古谷公子を見た。

「あのとき、私、忘れ物をして戻って来たの、学校へ。そして、あの部屋で、克二があなたにキスするのを見てしまったの」

「そうだったの」

「でも、殺す気はなかったのよ。ただ、ちょっとおどかして、出て行かせようと……。ごめんなさいね」

私は微笑んで、古谷公子の肩を抱いた。古谷公子はホッとしたように笑顔になった。

「――どこへ行ったんだ！」

と、興奮した声がした。

物理の大井先生である。目を血走らせて、見回している。

「どうしたんです？」

「いないんだ。――中沢爽香です。見ませんでしたか？」

「中沢さんが？」

「まさか火の中に――」

と私は呟いた。

「みんな連れ出したはずよ」

「ともかく捜してみましょう」

だが、私たちが歩き出すより早く、当の中沢爽香が林の方から走って来るのが見えた。

「中沢さん！　どうしたの？――ずぶ濡れじゃないの！」

「すみません。——池の水をくみ上げてるでしょう。何か見付かるんじゃないかと思って立ってたら、ホースにはね飛ばされて、落っこっちゃったんです……」

「これを着て」

大井先生が、自分のガウンを中沢爽香へ着せた。

「先生、風邪引きますよ！」

と中沢爽香が青い顔で笑った。

「構うもんか」

大井先生が真顔で言うと、じっと中沢爽香の顔を見つめて、「——私が君の父親なんだよ」

と言った。

私と古谷公子は顔を見合わせた。

「じゃ、大井先生……。あなたが、撃たれた人なんですね？」

と私は言った。

「そうです。——院長先生が、警察へも届けず、傷の手当てをして下さったのです。ただ、傷が悪化して熱を出し、家へ戻ろうにも、もしかして、捕まるのではと思って、戻れず……。しばらくして帰ってみると、妻はどこかへ越した後でした。——ここで教師として働くのを、院長先生が許して下さったんです」

中沢爽香は、じっと大井先生の顔を見つめていたが、

「ひどいわ」

と言って、さっさと歩き出した。

「待ってくれ！」

大井先生が追いかける。中沢爽香は、しかし、走ってまで逃げようとはしなかった。

「——今日は一生忘れられない一日だわ」

と私は言った。

「そうね。それにしても寒い」

と古谷公子が身を縮めて言った。

「——逃げろ！」

と、遠くで声がした。「林に火が移ったぞ！」

信じられないような光景だった。林は一瞬の内に炎に包まれた。まるで巨大なマッチが並んでいるかのように、火は瞬く間に木から木へと走った。そして、炎の環が、あの池を囲んだ。池の水面に、炎が輝くように映し出された。

「鐘楼が——」

と古谷公子が言った。

鐘楼の中へ火が這い込んだ。たちまち、天辺から炎が吹き上って、さながら黒いロウソクのようだ。——と、思ったとき、一気に鐘楼は崩れた。池に向って、崩れながら倒壊した。水しぶきが上り、黒煙が上った。

そして——鐘が鳴った。沈んだ石が当るのか、その底力のある響きは、何度もくり返されて、風の流れに乗って、火の粉の舞う夜空へと広がって行った。

解説

西上心太

赤川次郎ほどファンから愛され、ファンを大事にする作家もいないのではないだろうか。それは毎年二回、地方と東京で公式ファンクラブの会員の集いが開催されていることをみても明らかだろう。もちろん赤川さんも出席する。単発の企画ならともかく、毎年毎回きちんと参加者が集まる会が開けることはすごい。作家もファンも同じ気持ちにならなければ何回も続くはずがないからだ。昼間に開催されるパーティ形式の会と聞くが、アルコールは抜きというところが赤川さんのファンクラブにふさわしい。

赤川さんが書くミステリーはごく大ざっぱにいうと「コージー・ミステリー」に分類されるだろう。権田萬治監修の『海外ミステリー事典』（新潮社）によれば、《コージーというのは、「居心地のいい」「暖かい雰囲気の」「くつろいだ」というような意味で（中略）恐ろしい事件が起っても、それが解決すると再び平穏な、心地よい平凡な日常的な生活に戻っていけるという安心感に支えられたミステリーを指す》と定義されている。

一方、「コージー・ミステリー」は別名「お茶とケーキ派」と呼ばれる場合がある。

主婦などの女性主人公が、ご近所で起きた事件に巻き込まれるというパターンが多いのだが、お茶とケーキを前にしての友人たちとのおしゃべりシーンが多々登場し、ひいてはそれが事件の展開や解決に欠かせないところから、こう呼ばれるようになったのだろう。

お茶とケーキで締めくくられる（であろう）ファンクラブの集いは、赤川作品そのものを象徴しているように思える……というのはまあこじつけであるが、その集いには親・子・孫の三世代がそろって参加するメンバーもいるという。こうなると近い将来四世代参加ということもあり得そうだ。現役でこれだけ幅広い読者層を得た作家は、赤川さん以外には極めて稀なのではないか。

それというのも次から次へと、涸れない泉のように新作を出し続ける、赤川さんの旺盛な筆力があってこそだ。また新作と並んで旧作も次々に新版が刊行されるなど、新旧とり混ぜた作品が常に読者の目の前にあることも大きいだろう。逆にいえばそれだけ読者の要請があるから新作も旧作の新版も出版されるのである。そしてこのサイクルが四十年近く続いているのであるから、あらためて赤川次郎という存在の大きさに畏怖の念を覚えるほどだ。

赤川さんのデビューは一九七六年にさかのぼる。その前年ごろからさまざまな新人賞に投稿をはじめたが、短編「幽霊列車」によって第十五回オール讀物推理小説新人賞を射止めたのである。翌七七年には初の著作となる『死者の学園祭』と『マリオネットの罠』の二長編を上梓する。前者は朝日ソノラマのソノラマ文庫という一時代を画したジュブナイル叢書からの刊行で、十代向けに書かれた青春学園ミステリーなのだが、終盤に驚くようなどんでん返しが用意された贅沢な逸品だった。後者は一般向けの作品で、森の中の館に幽閉された少女と、女性シリアルキラーの物語が結びつく、ダークな雰囲気の傑作サスペンス小説であった。山前譲は『日本ミステリーの100年』(光文社)の中で、『マリオネットの罠』を同年の年間ベストミステリー十選の第三位に挙げているほどだ。

翌七八年に刊行された第三長編の『三毛猫ホームズの推理』が大ベストセラーを記録して、赤川次郎の名はミステリーマニア以外の人々にも広く知られることになった。この年は「幽霊列車」に登場した宇野喬一警部と女子大生永井夕子のコンビの活躍を連作化した短編集『幽霊列車』、女子高生が主人公の音楽ミステリー『赤いこうもり傘』、一家五人が泥棒や殺し屋や警官というそれぞれ違う職業に就いているというユーモア・ピカレスク『ひまつぶしの殺人』、後の映画も大ヒットした『セーラー服と機関銃』の五作が刊行された。いずれも傑作ぞろいで、まさに赤川次郎が大飛躍をとげた年となったのである。

実は『三毛猫ホームズの推理』の刊行前後のことだったろうか、大学のミステリー研究会の集まり(全日本大学ミステリ連合)が赤川さんをお呼びして講演会を開いたことがあった。筆者もミステリ研に席を置いていた大学生だったが、この講演を聴いたことがちょっとした自慢である。話の内容は忘れてしまったが、当時の若きミステリーマニアたちは、デビュー間もなく、まだ著作が二冊しかなかった赤川次郎という作家の底知れない可能性を、敏感に感じとっていたのだろう。誰が人選に関わったのか知らないが、この慧眼の持ち主には感謝するしかない。

さて本書『沈める鐘の殺人』は八三年に発表された作品である。八〇年から赤川さんの年間出版点数は飛躍的に増え、この時点ですでに六十四冊目の著作となっていたのであるから驚くばかりだ。最初は新書判（講談社ノベルス）で刊行され後に文庫化（講談社文庫）されている。今回はお色直しをされての二度目の文庫化となった次第だ。

東京都下、武蔵野の丘陵地帯にある鐘園学院に向かって、ヒロインの迎三千世が暗い夜道を上っていくところから物語は始まる。鐘園学院は伝統ある少数精鋭の寄宿制の女子高校である。三千世は大学卒業後に都内の私立高校で教鞭を執ってきたが、個人的な事情で退職。しかしその後に事情が急変したため再び働く必要に迫られた。幸い旧友の紹介で代用教員の口がかかり、鐘園学院への就職が決まったのである。だがバスの降り際に運転手から不吉な言葉をかけられる。

「あそこじゃ、先生がよく事故に遭うんだ。つい二ヵ月前も、若い男の先生が、塔から落ちて死んだ」

ようやく学院の近くまでやってきたとき、三千世はバットを持って警備をする院長の息子・岡江克二と出会う。どうやら学院は夜間に見張りを置くほどのトラブルを抱えているらしい。さらに院内に入った三千世は敷地内の大きな池で溺れる女子生徒を発見し、池に飛び込んで助け上げた。そして二人が校舎のほうへ戻る途中、これから続くトラブルを予告するかのように、長い余韻を引いた鐘の音が響き渡るのだった。

見知らぬ土地に一人赴く孤立無援のヒロイン、うっそうとした樹林の中に佇む古い洋館造りの校舎と寄宿舎、そびえ立つ鐘楼、鐘や死体を呑みこんだままの大きな池、そして悪いことが起こりそうな時に池の底から鳴り渡るという鐘の音……。

まさしくゴシック・ロマンスの道具立てで幕が開く。ゴシック・ロマンスとは何か。その定義は実に難しいが、ごくかみ砕いていえば十八世紀中頃から十九世紀初めにかけてイギリスで流行した恐怖小説のことである。亡霊などの超自然現象や血塗られた過去の因縁などが封じ込められた古城や館を舞台に物語が展開していく。これがエドガー・アラン・ポーをはじめ多くの作家たちに影響を与えた。ミステリーの分野にも入り込み、たとえばコナン・ドイルの『バスカヴィル家の犬』がある。ダートムアの沼地に出没する巨大な魔犬という怪奇趣味に彩られていることは有名である。特に子ども向きのリライト版を幼いころに読んだ経験のある方のほうが、より強烈な印象を記憶にとどめているのではないだろうか。

翌日から三千世の学院での生活が始まるのだが、何者かに鐘楼から突き落とされそうになったり、学院の敷地買収を目論(もくろ)む者たちの存在を知るようになっていく。その矢先に学院長である岡江多美子(おかえたみこ)の弱みを握っているという人物が殺害され、犯行現場にいた三千世や学院長に疑いがかかる状況に陥るのだ。

ゴシック・ロマンス風の味付けを通奏低音としながらも、明るいタッチも忘れていないところが作者の持ち味だろう。三千世が鐘園学院に来る遠因となった人物——三千世の元婚約者である小牧忠男(こまきただお)——が三千世と縒(よ)りを戻そうとするコメディ・リリーフ的な役割で登場し、やがて心強い味方となっていく。この男女の一度壊れた恋の行方も爽(さわ)やかな味付けになっている。また池で溺れていた生徒である中沢爽香(なかざわさやか)の謎めいた言動と過去の因縁が、物語全体を貫く大きな謎と結びついていることも徐々に明らかになっていく。

そしてミステリーであるから、すべての謎が合理的に解けるのだが、ポーのある作品を思い起こさせるカタストロフがクライマックスシーンに用意されている。ゴシック・ロマンスで始まり、論理的な謎解きをはさんで、ゴシック・ロマンスにふさわしいラストで終わる。映画好きで知られる赤川さんらしい、映像的で心憎い演出が楽しめることだろう。

本書は赤川次郎が腕によりをかけたゴシック・ロマンス風ミステリーだ。赤川次郎マニアの人も、初めて赤川作品を読んだ人も堪能(たんのう)できる作品である。

赤川ミステリーはサービス精神旺盛で、さまざまな要素が詰まっている。新しい作品も古い作品も一様に面白く、何かしらの発見がある。読者はそれを楽しみに、また一冊、また一冊と赤川作品を追い続けるのだ。

あなたが次の一冊に選ぶ赤川作品は、はたして何でしょうか？

本書は一九八六年七月に講談社文庫から刊行されました。

沈める鐘の殺人

赤川次郎

平成27年 12月25日　初版発行

発行者●郡司 聡

発行●株式会社KADOKAWA
〒102-8177　東京都千代田区富士見2-13-3
電話　03-3238-8521（カスタマーサポート）
http://www.kadokawa.co.jp/

角川文庫 19493

印刷所●旭印刷株式会社　製本所●株式会社ビルディング・ブックセンター

表紙画●和田三造

◎定価はカバーに明記してあります。
◎落丁・乱丁本は、送料小社負担にて、お取り替えいたします。KADOKAWA読者係までご連絡ください。（古書店で購入したものについては、お取り替えできません）
電話　049-259-1100（9:00～17:00/土日、祝日、年末年始を除く）
〒354-0041　埼玉県入間郡三芳町藤久保550-1

ISBN978-4-04-103177-3　C0193

角川文庫発刊に際して

角　川　源　義

第二次世界大戦の敗北は、軍事力の敗北であった以上に、私たちの若い文化力の敗退であった。私たちの文化が戦争に対して如何に無力であり、単なるあだ花に過ぎなかったかを、私たちは身を以て体験し痛感した。西洋近代文化の摂取にとって、明治以後八十年の歳月は決して短かすぎたとは言えない。にもかかわらず、近代文化の伝統を確立し、自由な批判と柔軟な良識に富む文化層として自らを形成することに私たちは失敗して来た。そしてこれは、各層への文化の普及滲透を任務とする出版人の責任でもあった。

一九四五年以来、私たちは再び振出しに戻り、第一歩から踏み出すことを余儀なくされた。これは大きな不幸ではあるが、反面、これまでの混沌・未熟・歪曲の中にあった我が国の文化に秩序と確たる基礎を齎らすためには絶好の機会でもある。角川書店は、このような祖国の文化的危機にあたり、微力をも顧みず再建の礎石たるべき抱負と決意とをもって出発したが、ここに創立以来の念願を果すべく角川文庫を発刊する。これまで刊行されたあらゆる全集叢書文庫類の長所と短所とを検討し、古今東西の不朽の典籍を、良心的編集のもとに、廉価に、そして書架にふさわしい美本として、多くのひとびとに提供しようとする。しかし私たちは徒らに百科全書的な知識のジレッタントを作ることを目的とせず、あくまで祖国の文化に秩序と再建への道を示し、この文庫を角川書店の栄ある事業として、今後永久に継続発展せしめ、学芸と教養との殿堂として大成せんことを期したい。多くの読書子の愛情ある忠言と支持とによって、この希望と抱負とを完遂せしめられんことを願う。

一九四九年五月三日

角川文庫ベストセラー

天使と悪魔⑤
天使のごとく軽やかに　赤川次郎

落ちこぼれ天使のマリと、地獄から叩き出された悪魔のポチ。二人の目の前で、若いカップルが心中した！　直前にひょんなことから遺書を預かったマリ。父親に届けようとしたが、TVリポーターに騙し取られ。

天使と悪魔⑥
天使に涙とほほえみを　赤川次郎

天国から地上へ「研修」に来ている落ちこぼれ天使のマリと、地獄から追い出された悪魔・黒犬のポチ。奇妙なコンビが遭遇したのは、「動物たちが自殺する」という不思議な事件だった。

天使と悪魔⑦
悪魔のささやき、天使の寝言　赤川次郎

人間の世界で研修中の天使・マリと、地獄から成績不良で追い出された悪魔・ポチが流れ着いた町では、奇怪な事件が続発していた。マリはその背後にある邪悪な影に気がつくのだが……。

赤川次郎ベストセレクション①
セーラー服と機関銃　赤川次郎

父を殺されたばかりの可愛い女子高生星泉は、組員四人のおんぼろやくざ目高組の組長を襲名するはめになった。襲名早々、組の事務所に機関銃が撃ちこまれ、早くも波乱万丈の幕開けが――。

赤川次郎ベストセレクション②
セーラー服と機関銃・その後――卒業――　赤川次郎

星泉十八歳。父の死をきっかけに〈目高組〉の組長になるはめになり、大暴れ。あれから一年。少しは女らしくなった泉に、また大騒動が！　待望の青春ラブ・サスペンス。

角川文庫ベストセラー

赤川次郎ベストセレクション③
悪妻に捧げるレクイエム　赤川次郎

女房の殺し方教えます！　ひとつのペンネームで小説を共同執筆する四人の男たち。彼らが選んだ新作のテーマが妻を殺す方法。夢と現実がごっちゃになって……新感覚ミステリの傑作。

赤川次郎ベストセレクション④
晴れ、ときどき殺人　赤川次郎

嘘の証言をして無実の人を死に追いやった。だが、ごく身近な人の中に真犯人を見つけた！　北里財閥の当主浪子は、十九歳の一人娘、加奈子に衝撃的な手紙を残し急死。恐怖の殺人劇の幕開き！

赤川次郎ベストセレクション⑤
プロメテウスの乙女　赤川次郎

近未来、急速に軍国主義化する日本。少女だけで構成される武装組織『プロメテウス』は猛威をふるっていた。戒厳令下、反対勢力から、体内に爆弾を埋めた3人の女性テロリストが首相の許に放たれた……。

鼠、江戸を疾る　赤川次郎

江戸の町で噂の盗賊、「鼠」。その正体は、「甘酒屋次郎吉」として知られる遊び人。妹で小太刀の達人・小袖とともに、次郎吉は江戸の町の様々な事件を解決する。江戸庶民の心模様を細やかに描いた時代小説。

鼠、闇に跳ぶ　赤川次郎

江戸の宵闇、屋根から屋根へ風のように跳ぶ、その名も盗賊・鼠小僧。しかし昼の顔は〈甘酒屋の次郎吉〉と呼ばれる遊び人。小太刀の達人・妹の小袖とともに、江戸の正義を守って大活躍する熱血時代小説。